小写五种

茶店说书

止庵 著

山东画报出版社

图书在版编目（CIP）数据

茶店说书 / 止庵著.--济南：山东画报出版社，2022.4
（小写五种）
ISBN 978-7-5474-4167-1

Ⅰ.①茶… Ⅱ.①止… Ⅲ.①随笔－作品集－中国－当代
Ⅳ.①I267.1

中国版本图书馆CIP数据核字(2022)第041260号

CHADIAN SHUOSHU

茶店说书

止庵　著

责任编辑　怀志霄
封面设计　Pallaksch

出　版　人　李文波
主管单位　山东出版传媒股份有限公司
出版发行　山东画报出版社
　　　　　社　　　址　济南市市中区舜耕路517号　邮编 250003
　　　　　电　　　话　总编室（0531）82098472
　　　　　　　　　　　市场部（0531）82098479　82098476（传真）
　　　　　网　　　址　http://www.hbcbs.com.cn
　　　　　电子信箱　hbcb@sdpress.com.cn
印　　　刷　山东临沂新华印刷物流集团有限责任公司
规　　　格　787毫米×1092毫米　1/32
　　　　　　　　7.75印张　109千字
版　　　次　2022年4月第1版
印　　　次　2022年4月第1次印刷
书　　　号　ISBN 978-7-5474-4167-1
定　　　价　66.00元

如有印装质量问题，请与出版社总编室联系更换。

序

　　前些时读《心经》，因想西方亦有类似总括一切的文字，大概古代可举《旧约》中《传道书》一篇，现代可举迪特里希·朋霍费尔《狱中书简》的《十年之后》里"关于愚蠢"一节。读之可知我们这个世界过去如何，现在如何，将来又会如何。譬如在朋霍费尔看来，不辨善恶，尤甚于故意为恶；惟其多数人不辨善恶，少数人才得以故意为恶。此即其所谓"愚蠢"。他说："愚蠢是一种道德上的缺陷，而不是一种理智上的缺陷。"反观整个二十世纪的历史，差不多全给这句话说中了。而我觉得不妨接着说：道德缺陷，其实就是一种理智缺陷或智力缺陷。

　　相比之下，我们写写文章实在无关大局，顶多只是

1

小愚蠢罢。然而亦当深自警惕。新编集子要起名字，见过几本以"说书"为题的书，也来凑份热闹。有个现成的，见周作人一九六四年七月十三日致鲍耀明信："近见丰氏《源氏》译稿乃是茶店说书，似尚不明白《源氏》是什么书也。""茶店说书"或有出典，一时不及查考，我取这个书名，是告诫自己不要信口开河。

二〇〇八年十月二十七日

目录

卷上

1

卷下

3

卷上

侦探小说的两派

我是个侦探小说迷，去年夏天以来所读尤多。新看的两套值得一提，一是约翰·狄克森·卡尔所著"菲尔博士系列"，一是雷蒙德·钱德勒的七部长篇小说。侦探小说有"硬汉派"与"古典派"之分，钱德勒是前一派的代表人物，卡尔则是后一派的重要角色。

钱德勒写过一篇文章，题为《简单的谋杀艺术》，用作所著同名短篇集的引言。其中说，侦探小说"写作的特点之一是，吸引读者阅读这种作品的因素，永远不会过时。那个主人公的领带可能有些老式了，那个探长老头儿可能是坐单驾马车来的，不是坐警笛嘶鸣的流线型汽车，但是他到了现场以后所做的事仍是像过去那样核对时间，

2

寻找烧焦的纸片，研究是谁踩了书房窗户下开得好好的草莓花圃"。这段话几乎可以概括爱伦·坡《毛格街血案》以降所有此类作品。硬汉派小说同样包含这种因素，虽然除此之外，还有一些别的东西。

侦探小说又称推理小说，本是因为日本战后文字改革，取消了日文中"侦"这汉字，所以才另外命名；但歪打正着，恰与此类作品中发生的一种变化相合：《毛格街血案》里杜宾那路"侦探"，现在几乎见不着了。杜宾属于"社会闲杂人员"，智力却在警方之上，案件得以侦破，全是他的功劳。以后柯南道尔、克里斯蒂和卡尔等都袭用了这一模式。现实情形显然与此相去甚远。目下这类小说里，破案多半只靠警方——不管是探长，还是刑事鉴定专家——去"推理"了。而在坡他们那儿本来有的侦探与警察之间智力上的对比，也就不存在了。

说来此种变化，在埃勒里·奎因笔下已见端倪：侦探奎因的父亲是警长，他才得以介入案件侦破——《希腊棺材之谜》就讲到："他作为理查德·奎因探长的儿子具有一种与众不同的地位。""其实呢，对于埃勒里那种引经据典地依靠纯粹推理来解决实际刑事犯罪问题的方法，连那位老成持重的探长也带有怀疑。"老奎因不啻是将柯南道尔等人作品中必有的"助手"与"警察"两种角色合而为一。当然这可能也与当时英美警方制度或习惯上的不同有关，就像罗纳德·A.诺克斯《闸边足迹》中那位号称"持有美国侦探协会开具的AI侦探资格证书"的"库克先生"所说："英国警方允许业余侦探插手这样的案子，作风确实不同凡响。唉，在芝加哥，可以看得出来，他们会拿着左轮手枪把平民百姓挡在警戒线之外的。"无论如何，警方是需要杜宾、福尔摩斯、波洛、菲尔博士和奎因帮忙破案的，尽管有如《毛格街血案》所说："不管那位（警察）局长对杜宾多么有好感，他也未能完全掩饰住情况的急转直下使他产生的懊悔，忍不住冷嘲热讽了两句，说什么任何人都搅和进他的公务不甚妥帖。"警方总归承认杜宾等人的智力优势，不论是否情愿。

钱德勒塑造的菲力普·马洛的境遇却大不相同。警方总是拒绝他这个私人侦探"搅和"到案件侦破之中。马洛首先要为自己在破案过程中地位的合法性而斗争，这几乎贯穿于钱德勒的所有作品。杜宾、福尔摩斯、波洛、菲尔博士和奎因从根本上讲与警方的诉求是一致的；马洛则不仅要对付凶手，还要对付警方，而后者给他设圈套、殴打他的次数，可能比前者还多。马洛之为硬汉，根植于此。后来的劳伦斯·布洛克被认为是继承了硬汉派的衣钵，他写的私人侦探马修·斯卡德虽然并无执照，但毕竟当过警察，论处境比起马洛要强多了。

钱德勒说，侦探小说通常"是作为逻辑推理问题提供给读者的"。古典派的忠实读者，甚至因此对硬汉派有所拒斥，"他们认为要是小说中没有提出一个正式严格的难题，环绕着它布置好贴有整齐标签的线索，那就谈不上是部侦探小说"。杜宾、福尔摩斯、波洛和奎因所面对的都是这里所说"正式严格的难题"和"贴有整齐标签的线索"，而菲尔博士一再遇到的"密室杀人"案件，则将此推到了极致。对于其中根据"线索"借助"逻辑推理"以解决"难题"的主人公亦即侦探来说，所需做的只是看和想。当红的侦探小说家杰夫里·迪弗的"林肯·莱姆系列"中，负责破案的刑事鉴定专家莱姆全身瘫痪，只有一个指头可动，现场勘查、搜集证物有赖于女助手阿米莉亚·萨克斯，两位合起来正是杜宾、福尔摩斯、波洛、奎因或菲尔博士，所以走的还是古典派的路子。

《毛格街血案》中杜宾首次露面，即被称作"绅士"，这个词儿也可以用来形容福尔摩斯等一干人。而马洛破案，不仅动脑子，还得动手。我曾说，在侦探小说中，主人公不是性格，而是逻辑，侦探只是逻辑的化身。马洛却是个有血有肉的人。"他相对来说是个穷人，否则他就不会当侦探了。他是个普通人，否则他就不可能走到普通人中间去。他爱惜自己的名誉，否则他就不知道自己干的是什么工作。他不会无故受人钱财，也不会受了侮辱而不予应有的报复。他是个孤独的人，他有自尊心，你必须待之以礼，否则下次见到他时就后悔莫及。他说话同他同时代的人一样，那就是出语辛辣诙谐，富有幽默感，厌恶弄虚作假，蔑视卑鄙小气。故事就是这个人寻找隐藏的真相而做的冒险，如果不是发生在这个擅于冒险的人身上，则也不成其为冒险了。他的知识之广令你吃惊，但这是理应属于他的，因为这属于他所生活的世界。"钱德勒所说正是马洛；而这里人物性格不仅关乎他的命运，也决定了情节的进展。这与古典派侦探小说的主人公常常具有特殊相貌或特殊习性，并不是一码事。举个例子，菲尔博士"块头很大，走路通常要拄两根拐杖"，"爱好听乐队表演、看

6

多愁善感的通俗剧、喝啤酒，还有看胡闹的喜剧"；但是假如他不是这样，照样能破那些案子。至于布洛克的斯卡德，一面破案，一面戒酒，多少借助破案来化解自己曾是酒鬼、丢了警察差使的心理困境，与马洛的情况还是有所不同。

钱德勒以"现实主义"形容自己这一派侦探小说，而马洛的故事的确在现实世界中可能存在。也正因为这样，这些作品被论家提升到纯文学的高度。相比之下，古典派侦探小说只是一场智力游戏。但在我看来，藉此尚不足以判定孰高孰低。我只是对于古典派的前提——这个世界是符合逻辑的，可以利用理性加以把握，而体现理性与正义的作为，总是有成效和有意义的——有所质疑。钱德勒说："这个世界可不是一个香气扑鼻的世界，却是你生活其间的世界。"它充满了悖论与莫名其妙，事倍功半甚至事与愿违在在皆是。相对于硬汉派侦探小说之为现实主义，古典派侦探小说可以说是浪漫主义——这是一种逻辑上的浪漫主义，与道德上的浪漫主义殊途同归。虽然硬汉派仍然写案件侦破经过，并未彻底摆脱这一前提，但古典派逻辑上的浪漫性，以及由此所体现的对我们这个世界的基本看法，显然已被大大削弱了。也许有读者因此嫌硬汉派不够纯粹，或者反过来嫌古典派不够真实，亦各遂其愿而已。其实钱德勒所著各种也有差别，以《湖底女人》与古典派最为接近，而《漫长的告别》距离最远。在《漫长的告别》这部钱德勒成就最高的作品中，马洛与其说在破案，不如说在延缓破案，因为对他来说，世界上显然有比破案更重要的东西。

二〇〇八年五月一日

人性的因素及其后果

　　格雷厄姆·格林的《人性的因素》里有两个微不足道的角色，一是主人公卡瑟尔在情报部门的同事戴维斯，一是卡瑟尔家的小狗布勒。说"微不足道"，因为之于故事进展毫无影响。当戴维斯作为替死鬼被清除后，真正的双面间谍卡瑟尔并未停止活动，于是也就没能避免败露。错杀戴维斯的珀西瓦尔医生对上级说："你不应该为戴维斯如此担心。他的死对小组来说根本算不上是损失。他本不应该被雇用。他工作效率低，做事马虎，而且酗酒。约翰，不管怎么样，他迟早会惹麻烦的。"戴维斯不仅对情报部门无关紧要，甚至对卡瑟尔也无关紧要。布勒之被豢养和最后被杀，同样无关紧要。而我感兴趣的是，作者格雷厄姆·格林为什么要在故事中安排此类角色。戴维斯的遭遇好歹具有情节因素，布勒则似乎仅仅旨在强调这种"戴维斯式死亡"的无辜。这就牵涉到与之密切相关的卡瑟尔了。

卡瑟尔任职于英国情报部门，却把情报送给苏联间谍机关。此乃"人性的因素"使然，即如其对妻子萨拉所说："当人们谈论布拉格、布达佩斯，说共产主义里找不到一点人性时，我保持沉默，因为我看到过——至少一次。我跟自己说，要不是卡森，萨姆会出生在一座监狱里，你也很可能死在那儿。有一种共产主义，或者共产党员，救了你和萨姆。就像我一点也不相信圣保罗一样，我一点也不相信马克思和列宁，但我应该有权利表示感谢，对不对？"而当卡瑟尔的母亲斥责儿子"背叛了他的祖国"时，萨拉说："他曾说我就是他的祖国——还有萨姆。"相比之下，珀西瓦尔则是作者眼中间谍机关——无论英国的、南非的，还是苏联的——的化身，所说"在我们的行业中理解并不是那么必要"，"不必感到良心不安，不必内疚"适可概括。在卡瑟尔与珀西瓦尔之间，存在着人性的因素与非人性的因素的对立与冲突。

然而戴维斯与布勒使得这一冲突变得不那么简单。戴维斯命丧珀西瓦尔之手，却是替代卡瑟尔而死。"卡瑟尔从没认真看待过戴维斯，包括他喝酒、赌博，和对辛西娅无望的爱，但一具尸体不是可以那么随随便便忽略的。……死亡让戴维斯变得重要，死亡给了他地位。"卡瑟尔虽然认为此乃"天意"，但却缺席戴维斯的葬礼，并承认："弗洛伊德说我本来就想忘记。"可见仍然无法面对。布勒则是他逃亡前不得不处理掉了。"卡瑟尔不知道布勒死的消息该怎么告诉萨姆。他知道，他永远也不会得到原谅的。"

　　情报部门主持调查泄密事件的戴安特里上校对珀西瓦尔说："行为和后果之间没有任何关系。这是不是你要对我说的意思？"这句话同样可以用来问卡瑟尔。人性的因素与非人性的因素在卡瑟尔和珀西瓦尔身上表现为截然有别的"行为"，却在戴维斯和布勒身上落实为完全相同的"结果"。书中写道："爱和恨都是危险的。……他（指卡瑟尔）爱萨拉而及卡森，他爱卡森而及鲍里斯。一个怀着爱的人走过这个世界，就像一个拿着定时炸弹的无政府主义者。"不仅戴维斯和布勒，萨拉和卡瑟尔的继子萨姆，以及他自己，都承受了这种"爱的危险"。最终卡瑟尔无法与萨拉和萨姆团聚，也就失去了他苦苦守护的"祖国"。而当苏联情报机关告诉他，"你给我们发的那几则经济情报本身根本没有任何价值……这是一种高明的骗术"。种种死亡与丧失就更显得是实实在在的了。《人性的因素》并非格林的最佳作品，"人性的因素"则是他的母题之一，在对"人性的因素及其后果"的开掘上，这部小说具有特殊价值。

萨拉对卡瑟尔说："你对他们感激，没有人会说你有什么不对。我也很感激。感激是很正常的，只要……只要你不走得太远。"可以说是从另一角度来看待人性的因素及其后果。卡瑟尔的母亲说法与此一致："哪怕受别人一点点好处，你也总是怀着过分的感激。这是一种不安全感……有一次，你的同学给了你一块巧克力夹心小面包，你竟送了他一支不错的自来水笔。"说来珀西瓦尔之滥杀无辜，同样出于"不安全感"，也是"走得太远"。最终卡瑟尔认同了妻子所说："他们感激我，因为我做的事超出了我本来想做的。"他提到母亲当初的批评，表示："我母亲也没有什么大错。"不过为时已晚。

萨拉有关卡瑟尔的看法，最接近作者自己的态度。格林并不否定卡瑟尔的行为，至少肯定他这么做的目的性——《人性的因素》故事发生在英国，却与南非白人当局镇压黑人革命运动有关，可与作者描写抗法战争时期越南的《沉静的美国人》，描写巴蒂斯塔独裁统治下的古巴的《我们在哈瓦那的人》，描写比利时殖民主义者撤退前的刚果的《一个自行发完病毒的病例》，和描写杜瓦利埃暴政下的海地的《喜剧演员》相提并论，体现了他有关国际政治问题的立场。格林自己做过间谍，对于情报机关深有体会，对于双面间谍亦别具看法。在《人性的因素》的所有人物中，作者情有独钟的毕竟是卡瑟尔，但是并不赋予其所作所为以绝对价值。本书秉承格林的一贯写法：作者认同或倾向于某个人物，同时俯视包括他在内的整个世界。珀西瓦尔有个关于"箱子"的说法，在书中被一再提及；其实所有人物都在箱子里，惟独作者才是那个向箱子里张望的人，只有他才洞察一切。人性的因素不仅体现于卡瑟尔，也体现于戴维斯、萨拉、萨姆，甚至布勒。而当书中写道："如果有人想要得到人信任，听取他的忏悔的话，谁都希望这个人就是戴安特里。"这位主张秉公办事，却又无可奈何的人身上，可能有着更多的人性的因素。戴维斯临死之际"希望得到一点公正"，布勒则被形容为"全世界的朋友"，不免使人想到，也许无辜才接近终极意义上的善。

二〇〇八年六月二十四日

无法从寒冷中归来的间谍

　　这几年印行的西姆农、钱德勒和勒卡雷作品的中译本，封面或腰封上分别写了"最具人文关怀的推理大师""文学大师崇拜的大师"和"英国国宝级文学大师"的字样。此类名头容有夸张，但换了该领域里别的可能更出名的作者如柯南道尔、克里斯蒂、奎因、弗莱明等，却绝对用不上。这一点我们读书时就能感到。统称为Mystery（悬疑小说），包括侦探小说、犯罪小说、间谍小说和非科幻的惊险小说等在内的一类作品，阅读的愉悦之感几乎完全来自情节，与纯文学作品总要牵扯人物命运、思想情感和社会背景等有所不同；而且这种愉悦感仅存在于阅读过程之中，读完即告终结，不容易像纯文学作品那么令人久久回味。它们分别满足读者的不同阅读需要，一为"消遣"，一为"欣赏"。然而西姆农、钱德勒和勒卡雷写的虽然也属侦探小说或间谍小说，上述区别却不明显，甚至完全可以当作纯文学作品来看。

侦探小说从爱伦·坡起，直到"黄金时代"，作者基本上是按照一套模式来写的，其极致即范达因所归纳的"二十条守则"，尽管完全遵守不易，譬如柯南道尔《血字的研究》中搀杂恋爱故事，奎因《希腊棺材之谜》中凶手系破案人员之一，均与"守则"相违，然大体相去不远。就像范达因所说，"侦探小说是一种智力游戏"，它无关现实，也不涉人生。后来西姆农、钱德勒等所写，虽然有杀人案发生，且凶手之谜亦待揭示，但只是以此为题材，所要表现的是另外一些东西，与纯文学作品并无二致。西姆农和钱德勒写的是实实在在的生活，他们笔下的麦格雷和马洛是活生生的人物，不同于福尔摩斯、波洛或埃勒里·奎因，只是作为侦探小说主体的逻辑的化身。区别在于前者遭遇是一己性格所致，后者角色可以互换。举例来说，波洛干不了马洛的事儿，埃勒里·奎因却可以干波洛的事儿。侦探小说的这一沿革，同样发生于间谍小说，拿勒卡雷这本《柏林谍影》来比先前弗莱明的"〇〇七"系列，就清楚了。

《柏林谍影》里，英国间谍利马斯受命打入苏联情报机关，却被己方设下圈套，结果遭对方识破，而这正是派他去的真正目的。最终女友丽兹无辜惨死，利马斯也不想活了。张爱玲在《羊毛出在羊身上》一文中说："'〇〇七'的小说与影片我看不进去，较写实的如詹·勒卡瑞（John Le Carré）的名著《〔冷战中〕进来取暖的间谍》——搬到银幕也是名片——我太外行，也不过看个气氛。里面的心理描写很深刻，主角的上级首脑虽是正面人物，也口蜜腹剑，牺牲个把老下属不算什么。"进而讲到自著《色，戒》里的王佳芝，说："我写的不是这些受过专门训练的特工，当然有人性，也有正常的人性的弱点，不然势必人物类型化。"《〔冷战中〕进来取暖的间谍》就是《柏林谍影》，而张爱玲话中若干"关键词"，差不多涵盖了我想就这部小说所说的一切。

《柏林谍影》是"写实"的，不像"〇〇七"系列或古典派侦探小说那样是传奇或神话。如果说古典派的侦探小说是逻辑的神话，"〇〇七"系列就是英雄的神话，它们的主人公都是"类型化"的"人物"，在现实生活中并不存在。"〇〇七"是个集中了冷战一方全部理想和希望的"超人"。相比之下，《柏林谍影》中的利马斯作为间谍堪称干练，却是像你我一样的普通人，面对这个世界上每个人都不能不面对的境遇。小说中有关利马斯的"深刻"的"心理描写"，他身上的"正常的人性的弱点"，与他的境遇密切相关。利玛斯对丽兹说："可这就是现实，这是一个发疯了的世界。我们只是被人稍微利用……这种事情世界上到处都有，老百姓受到欺骗和误导，生命被践踏，众多的人被关被杀，被无缘无故地消灭。"正是早经卡夫卡充分揭示的我们世界的真相。利马斯也像卡夫卡《判决》里的格奥尔格·本德曼或《诉讼》里的约瑟夫·K一样，始终只是受人摆布的棋子，至死都不明白自己到底置身于怎样的一盘棋局之中。而正因为作者不是"外行"，利马斯是一名"受过专门训练的特工"，世界的这一真相才得以在他的经历中显现出来。"上级首脑""牺牲个把老下属不算什么"，则像《判决》里命令格奥尔格·本德曼投河自尽的父亲和《诉讼》里无缘无故逮捕并处决约瑟夫·K的法庭人员一样。

小说中"上级首脑"对利玛斯说："人不能一直待在寒冷之中，有必要从寒冷中归来……我要你在寒冷中再坚持一会儿。"乃是小说原名 *The Spy Who Came in from the Cold*（从寒冷中归来的间谍）的解题之语。这是一部境遇小说，而"寒冷"是对这境遇的概括，只是利玛斯已经永远无法从寒冷中归来，也正如首脑所说："你演的是这场好戏中的最后一幕。"此书中译本前后出过不止一次，译作"寒风孤谍""冷战谍魂"，乃至现在的"柏林谍影"，都不理想，大概还是将其视为"〇〇七"一类作品了。

二〇〇八年九月二十三日

为什么读佩内洛普·菲兹杰拉德

英国作家佩内洛普·菲兹杰拉德大器晚成，晚到目前所见文学史著作还来不及提起她，晚到我们刚刚知道她，虽然她在英国文学中自具地位，而且卓尔不群——对于我们普通读者，末一点特别重要。即以英国女作家而论，读过了奥斯丁、勃朗特姐妹、艾略特、伍尔夫、默多克和莱辛等等之后，为什么还要读菲兹杰拉德呢？如此提问或嫌太过实际，但这的确是个问题。不妨简单地回答一句：因为她和她们不一样，非但如此，在我看来，她和世上所有作家都不一样。

然而此种不同在微妙间。菲兹杰拉德无疑是睿智的，但她不像奥斯丁那样借助某个人物表现一己的睿智，甚而让这睿智凌驾于所有人物之上；她对于自然环境和人物心理总能体会入微，但这是一种坦然的、放松的体会，不像伍尔夫那样始终处在紧张状态；她善于捕捉生活中的诗意，而不是诗的创造者，不像艾米莉·勃朗特那样把小说写成一首诗；她塑造的人物也以女性形象最具魅力，但不像夏绿蒂·勃朗特那样安排女主人公做自己的代言人，张扬一种"女性立场"；对她来说，体验总是胜于思考，所以不像默多克那样通过作品阐述自己的哲学，作为一位作家，她其实并不关心哲学问题；她不止一部作品取材于现实生活，但并非像艾略特或莱辛那样关注社会问题或道德问题。她仅仅是要做个好作家，此外别无野心；我们读她，归根到底也是因为写得好。菲兹杰拉德自然不如上述几位地位崇高，但她继乎其后，却未隐蔽在她们的阴影之下。

优秀的作品或以情节胜，或以人物胜，或以主题胜，菲兹杰拉德所著则以风格见长，尽管风格离不开情节、人物甚至主题。有了这些，还有如何看待、处理和表现的问题，对于菲兹杰拉德来说，这可能更为重要。必须指出，风格有一部分关乎语言，在翻译过程中总归有所损失，倘

21

若只看译文，对于原著的语言风格最好三缄其口；而风格的另一部分，譬如菲兹杰拉德的优雅沉静，细腻而又简洁，多少可以超越此种限制，让另外一种语言的读者所能了解。

在中国，菲兹杰拉德的名声大概起于她的《书店》的翻译出版，译者说："这本小说，仅仅因为它的名字叫做《书店》，便值得付出。"这话很打动了一些有书店情结的读者，但不无误读之嫌。《书店》并非《查令十字街84号》一类作品，菲兹杰拉德也不是那种津津乐道于现实生活中某一具体事物的作家。显然，假如主人公弗洛伦斯在"老屋"开的是别的什么店，最终也得照样倒闭。书中写道："当火车开出车站时，她坐在那里，羞愧地低下头，因为她生活了将近十年之久的小镇并不需要一家书店。"这里，弗洛伦斯同样误读了自己的遭遇，而作者并未替代她看透这个小镇与其之间究竟发生了什么问题。菲兹杰拉德塑造了弗洛伦斯，理解她，同情她，甚至赞许她，但弗洛伦斯并非就是作者自己。《离岸》中的尼娜、《天使之门》中的黛茜、《蓝花》中的卡罗琳，也都是作者着意塑造的女主人公，但她与她们同样保持着恰当的距离。译者谈到弗洛伦斯起念开书店，"仿佛要寻求一种叫做'意义'的东西"，但是这种意义究竟为何，作者始终未予揭示。她无意将一部作品归结于一种道理。《书店》如此，后来更见特色、更具分量的《离岸》《天使之门》《早春》和《蓝花》亦是如此。

菲兹杰拉德的风格，就体现于她与情节和人物之间的这种关系，或者说，她对待它们的态度。菲兹杰拉德习惯采用第三人称写法，也很好地发挥了这一叙述方式的长处——对于小说创作来说，这是一种便于调控、可近可远的写法。作者既能真切体会某一具体情境之中的人物，也能置身此一情境之外予以冷静观察；不因过于切近而妨碍观察，也不因过于间离而阻隔体会。菲兹杰拉德是一位既充分又克制的作家。她的人物和情节总是"本来面目"，行乎当行，止乎当止，而她一视同仁，笔下波澜不兴。这最明显地体现在取材于德国诗人诺瓦利斯生平的《蓝花》中，有意见指该书"并没有过多地进行文学意义上的创作"，殊不知以此要求作者，无疑求马唐肆，她无非不制造、不渲染、不大惊小怪罢了。菲兹杰拉德的作品，读之如啜清茗，滋味徐生，《蓝花》尤其如此，好处要读完才能觉得。这个好处，是读别的书不大容易见到的。

对于菲兹杰拉德，很难讲这一切是技巧所致，还是修养使然。有一点应该提到，即她是过了六十岁才开始写作的。一位作家最初投身写作所形成的态势，也许会延续终生；很多人到老也摆脱不了粗糙、草率、幼稚和青春气，就是这个原因。而我们常常把这种惯性看作家的风格了。菲兹杰拉德则是在自己的生活中已经汰尽了这些之后才从事写作。她不是要达到什么，而是在规避什么。——前面我讲菲兹杰拉德所塑造的人物都不是她自己，可以换个说法：他们是她，但不是现在的她；她历尽人生之后，回过头去看着过去的这些自己，其间的距离是一己的阅历，是她对于这个世界的彻悟。

二〇〇八年十一月十二日

《纸房子》与读书

    阿根廷作家卡洛斯·M.多明格斯在《纸房子》中将藏书家分为两类：一类只买不读；另一类"对于自己耗费可观金额购买的书，也能够花同样多的时间在上头，念兹在兹于读懂、读通"，小说主人公布劳尔即属此类。问题在于他要"读懂、读通"到什么程度。"布劳尔是个病入膏肓的嗜读者"，"并没打算只在书海里游荡，他活脱就想征服它"。这体现于他给自己的藏书编的一套索引。"过程中最耗神、也最费力的，就是厘清每本书之间的关联性"，布劳尔认为，"判断书籍是否隶属同类，绝对不能像寻常俗人那样以内容形态为依据"。所以他要另行其道。

作为也买点儿书、读点儿书的人，我对这套属于布劳尔自己的索引很感兴趣。书中介绍，布劳尔"挖空心思，避免让两个互有过节的作家著作摆在同一层书架。譬如：博尔赫斯的书，就万万不可和被他称作'全职安达鲁西亚人'的加西亚·洛尔迦的著作摆在一块儿；因为莎士比亚和马洛拼命互控对方抄袭，两人的作品也无法并肩陈列，但同时还要慎重保持整套书的编号不至于紊乱；至于马丁·艾米斯和朱利安·巴恩斯，因为友谊宣告决裂，两个人的书当然也不可以放在一起；同样情形的还有巴尔加斯·略萨与加西亚·马尔克斯"。如此尚嫌表浅，接下来就深入得多："《佩德罗·帕拉莫》与《跳房子》两书都出自拉丁美洲作家之手，但其中一部带我们回溯威廉·福克纳，另一部则是源出莫比乌斯。再换个方式说：陀思妥耶夫斯基说穿了，与罗贝托·阿尔特的关联性更为接近，而不是跟托尔斯泰。还有，黑格尔、维克多·雨果和萨门托三者之间的关系，远比帕科·埃斯皮诺拉、贝内德提、费利斯贝托·埃南德兹来得更密切。"

这些地方需要略作解说，才能明白布劳尔到底是什么意思。说来我对《纸房子》中译本稍感不满之处，即在于书中缺乏必要的注释。譬如我们知道影响了胡安·鲁尔福的威廉·福克纳，但是影响了胡利奥·科塔萨尔的莫比乌斯，也许需要注明是指那位发明了"莫比乌斯圈"（Moebius Strip）的德国数学家（一七九〇至一八六八）。我们看埃舍尔的画作，多少明白拓扑学上这个圈儿的玄妙，而胡利奥·科塔萨尔也写过题为《莫比乌斯圈》的短篇小说。又如罗贝托·阿尔特（一九〇〇至一九四二）是阿根廷小说家、剧作家，据《不列颠百科全书》介绍，他的"主要作品有小说《狂暴玩偶》（一九二六）、《七个疯子》（一九二九）、《喷火器》（一九三一）和《妖术的爱》（一九三二），书中描写的世界往往是古怪和梦魇般的，充满了反抗社会的愤怒和近乎疯狂的人物"。这样回过头去看译本里的"陀思妥耶夫斯基说穿了，与罗贝托·阿尔特的关联性更为接近，而不是跟托尔斯泰"，估计正确的译法该是："罗贝托·阿尔特说穿了，与陀思妥耶夫斯基的关联性更为接近，而不是跟托尔斯泰。"前面那段里的"莎士比亚和马洛拼命互控对方抄袭"翻译得也有些可疑。两位竞争的确激烈，但据我所知，并未"拼命互控对方抄袭"，当时只是别人对莎士比亚有所影射攻击而已。

书中向"我"转述此事的德尔加多"从没打算仔细弄明白卡洛斯到底怎样搞他的分类系统",有关这套藏书索引只讲了这些;不过我们多少可以明白布劳尔的看法:"长达几世纪以来,我们都受制于一套缺乏想象力的刻板系统。让我们昧于认清书与书之间的真正关系。"所谓"读懂、读通",也就是"认清书与书之间的真正关系"罢。读书之最高境界,莫过于此。我辈忝为读书人,虽不能及,心向往之。举个例子,洪侠兄在他的"书情书色"专栏里一再推荐《纸房子》;而他自己听说与知堂老人有点牵连的郑子瑜逝世,"昨天在新书房理书,翻出了几册《知堂杂诗抄》,还有郑先生笺注的鲁迅小说和一册他的'墨缘录'。我把它们集在一起,放在离周作人专架不远的地方,聊表纪念的意思"。略近布劳尔的做法。

布劳尔的索引被一场火灾烧掉了,"这么一来,他完全无法找到绝大部分藏书的确切位置,甚至连哪本书当初搁进哪个书架也全没了主意"。布劳尔丧失了自己构建的那个世界。于是出现了这样一幕——"他早就顾不了作家之间的交情是好是坏,不在乎斯宾诺莎、亚马逊河流域的植被与维吉尔的《埃涅阿斯纪》之间有什么本质上的关联或相互排斥；至于装帧精不精巧、书中插图是铜版画还是木版画，他更无心去管；连毛边书、摇篮本，这会儿都无可如何了。他现在只计较书本的大小、厚薄，那些封皮是否足够坚挺，扮演石灰、水泥和砂砾的角色。……当四堵墙越筑越高，他肯定先绕了一圈，然后交给工人一本博尔赫斯充作窗台；一本巴列霍，上头一部卡夫卡，旁边填上康德，再铺上一册海明威当门坎儿；还有科塔萨尔、专写砖头书的巴尔加斯·略萨；巴列-因克兰挨着亚里士多德，加缪和摩洛索里砌在一块儿；莎士比亚和马洛，在砂浆簇拥下终于难舍难分；所有这些书都注定要齐力筑起一堵墙，共同形成一道阴影"。布劳尔所谓"书与书之间的真正关系"完全不存在了。

"纸房子"象征着我们寻常与书的关系，那种老一套的读书方法，亦即布劳尔说的"缺乏想象力的刻板系统"；置身其中，不仅无所获益，而且深受束缚。故事结尾，布劳尔从书籍砌成的墙壁间找到那本康拉德的《阴影线》，纸房子随之倒塌，他把书还给了曾扬言"你的任何举动都不可能令我吃惊"的布鲁玛。对此"我"说："有个男子借着一只坚定的手，尽管动作鲁莽粗暴、心情忐忑不安，终于跨过他自己的阴影线。"《纸房子》有如一部公案，道着了读书的真谛。

二〇〇八年七月二十九日

"失落的书"补遗

最近读了一本斯图尔特·凯利著《失落的书》，对前言所说颇感契合："……几个月后，我终于可以对着到手的企鹅古典文学系列之希腊戏剧狂欢了：两本埃斯库罗斯、两本索福克勒斯、三本阿里斯托芬、四本欧里庇得斯，还有一本米南德。然而，当我翻开精美的封面浏览前言时，那自以为秩序井然的收藏体系遭受到了第一次打击。我本得意地以为自己买到了所有的希腊戏剧，可前言和评注都沉重地宣布着一个悲惨的事实：我手头已有他七部戏剧的埃斯库罗斯，实际上写了八部；索福克勒斯的作品应有足足三十六卷，而不是可怜巴巴的两卷，等等。第二次痛苦的认识来自阿里斯托芬喜剧《特士摩》的注释

61：'在这部剧完成时，当时最著名的悲剧诗人之一阿加松四十一岁。他的作品全部遗失。'全部？没有一段歌队、一个对话，哪怕半行诗文？简直不可思议。"

这里有两个小问题，第一，埃斯库罗斯实际上写了不止八部，即如本书正文所载，他"一生创作了八十多部的戏剧"。另有说法是七十二部或九十部。第二，阿里斯托芬的《特士摩》(*Thesmophoriazusae*)，应该译作《地母节妇女》。这些且不管，我至少很理解作者说这番话时的心情。记得当初对照着读《汉书·艺文志》《隋书·经籍志》和《宋史·艺文志》，我也曾慨叹一千年间，许多典籍篇幅越来越小，有的干脆没了。对我来说，"悲惨的事实"之一是《庄子》从五十二篇减为三十三篇。《史记·老子韩非列传》所云"《畏垒虚》《亢桑子》之属，皆空语无事实"，我们已经看不到了。

我读帕斯捷尔纳克的《人与事》，也曾生此感慨。帕氏有茨维塔耶娃来信近百封，战争期间委托斯克里亚宾博物馆的一位工作人员保存，那人对茨维塔耶娃极其崇拜，这些信件她不肯须臾离手，甚至觉得放在保险柜里也不牢靠，每天上下班都把装着它的手提箱带在身边。有一天却忘在电气火车车厢里了。帕斯捷尔纳克说："茨维塔耶娃的信就这样乘车走了，一去未归。"《巴纳耶娃回忆录》曾经提到一件相同的事：涅克拉索夫也将车尔尼雪夫斯基《怎么办》原稿丢在乘坐的敞车里，悬赏五十卢布，不到一天有人给送回来了。可怜的茨维塔耶娃没有这份运气。

《失落的书》提供的材料不太多，写得也比较浅，但封底的一段话却很精彩："《失落的书》是一部另类的文学史，一个假设的图书馆，一首唱给本应存在之书的挽歌。"还列出书中所谈八十一位作者，名下分别标注表示"遗失""未完成""未开始"和"难以辩识"的符号。"完全"可以说是人类永远希望实现的希望，如果不限于"遗失"，而将"未完成"和"未开始"也包括进来，那么这个梦就做得更大了。然而我们面对的是残缺的世界。

八十一位作者中，中国只有一位孔子；作者说："考虑到其重要性，《乐经》的失传似乎难以置信。其实更难以置信的是，儒家经典居然还有能保留下来的！"是否有过《乐经》一书，说来迄无定论。不过我们所知中国"失落的书"，已经足够专门写一本书的了。且举二十世纪几个例子。首先是鲁迅，他说："我数年前，曾拟编中国字体变迁史及文学史稿各一部，先从作长编入手，但即此长编，已成难事，剪取欤，无此许多书，赴图书馆抄录欤，上海就没有图书馆，即有之，一人无此精力与时光，请书记又有欠薪之惧，所以直到现在，还是空谈。"（一九三三年六月十八日致曹聚仁）另外写长篇小说的设想亦未实现，均属"未开始"者。至于"未完成"和"遗失"，鲁迅说："关于《红笑》，我是有些注意的，因为自己曾经译过几页，那豫告，就登在初版的《域外小说集》上，但后来没有译完，所以也没有出版。"（《关于〈关于红笑〉》）日记中提到所写文章，也有几篇不知去向，包括死前九日，"夜为《文艺周报》作短文一篇，共千五百字"，全集注曰"未详"。

废名说："当时有人笑我十年造《桥》，同时又有《莫须有先生传》的副产物，其实《桥》写了一半还不足，《莫须有先生传》计划很长也忽然搁笔。"（《〈废名小说选〉序》）当列入"未完成"。顾随名下，则应标上"遗失"。其文稿身后汇为一集，未能付梓，下落不明。据顾之京说："汝昌先生曾多次向我诉说：'先师的后半生除了正规的登堂讲授以及其他教学工作而外，几乎全部精力都

34

倾注在这一大批书札和论文之中，这些都是一色手稿，高超的手笔，精深的见解，遒美的书法，令人爱不忍释，其内容涉及到诗、词、曲、文、戏剧、小说、《红楼梦》、曹雪芹、书法、文物、音韵、文字学、民俗学、外国文学……我把篇幅最完整、内容最精粹的这一数量可观的部分交付于人，可是，我后来怎么努力也追问不出这一批瑰宝的下落了！'"（《〈顾随文集〉后记》）

钱锺书说："出版了我现在更不满意的一本文学批评以后，我抽空又写长篇小说，命名《百合心》，也脱胎于法文成语（Le coeur d'artichaut），中心人物是一个女角。大约已写成了两万字。一九四九年夏天，全家从上海迁居北京，手忙脚乱中，我把一叠看来像乱纸的草稿扔到不知哪里去了。"（《〈围城〉重印前记》）此乃"未完成"而兼"遗失"者。我有一位朋友爱读《围城》，曾经梦见翻开一摞旧报纸，每张之间都夹着一页《百合心》手稿。杨绛也有一部"失落的书"。她说："年过八十，毁去了已写成的二十章长篇小说，决意不写小说。"（《〈杨绛文集〉作者自序》）作者自撰《杨绛生平与创作大事记》所述更详："一九九二年三月二十八日，大彻大悟，毁去《软红尘里》稿二十章。"只在所著《杂写与杂忆》中，保留着短短的《〈软红尘里〉楔子》。

张爱玲曾将所作小说《倾城之恋》改成剧本，今已不存。一九四五年七月《杂志》第十五卷第四期"文化报道"一栏云："张爱玲近顷甚少文章发表，现正埋头写作一中型长篇或长型中篇，约十万字之小说《苗金凤》，将收在其将于不日出版之小说集中。""苗"似应作"描"。一九四六年三月三十日《海报》载署名"爱读"的《张爱玲做吉普女郎》云："有人谈说她在赶写长篇小说《描金凤》"。一九四六年十二月三日《文汇报》"浮世绘"第二期载唐人（即唐大郎）《浮世新咏》云："传奇本是重增订，金凤君当着意描。"注曰："张有《描金凤》小说，至今尚未杀青。"此后再无《描金凤》的消息。张爱玲这部不知写的什么和写了多少的作品，只剩下这样一个题目——作者曾在《谈音乐》中说："弹词我只听见过一次，一个瘦长脸的年轻人唱《描金凤》，每隔两句，句尾就加上极其肯定的'嗯，嗯，嗯'，每'嗯'一下，把头摇一摇，像是咬着人的肉不放似的。对于有些听众这大约是软性刺激。"张爱玲晚年所著长篇小说《小团圆》迄未面世，据说她有遗嘱要求"销毁"。

当初马克斯·布洛德违背了卡夫卡的嘱托，没有将其作品付之一炬，而是逐一整理出版。类似之事不久前又有一件。据报道，纳博科夫曾立下遗嘱，要求烧毁他未完成的小说《劳拉的原型》。他的遗孀未予照办。她死前又将处理权交给他们的儿子德米特里·纳博科夫。"经过三十年的痛苦犹豫，今年，德米特里下定决心违背父亲的遗嘱，全文出版这部可能给其父再次召来非议的作品。"倘《小团圆》能援此例，世上"失落的书"就可以减少一部了。

二〇〇八年十月七日

附记

未及半载，《小团圆》业已面世，我亦因编校此书简体横排版，有幸披阅原稿。如此，本文相关议论未免过时。然终偿多年读者心愿，且《小团圆》诚为张爱玲毕生杰作，得免"失落"，至可喜也。

二〇〇九年三月十六日

历史的复杂之处

　　木山英雄著《北京苦住庵记：日中战争时代的周作人》起首说："我的愿望只是想亲自来确认一下使自己平素爱读的那位作家后半生沾满污名的事件真相。"结末则说："事件史中或许有教训也说不定，但并不一定需要结论。"这是一种个人的，然而也是学术的姿态。记得过去有篇相关研究文章叫《历史本来是清楚的》，且不论所占有的原始材料远不及《北京苦住庵记》，单单这个题目，似乎就意味着对于木山英雄"愿望"的拒绝。问题在于，"历史"在多大范围和程度上"是清楚的"，有无可能又是否需要进一步"清楚"呢。当然，"不一定需要结论"未必就要抹杀既有结论，甚至可以理解为"不一定需要"在既有结论之外另行标举"结论"。"事件真相"涉及事实、思想和境遇诸多层面，相比之下，"结论"简要得多，其间种种归纳、省略乃属必要。但是，不能忽视这一差别。也就是说，"结论"得自"事件真相"，却无法由此反向推演"事件真相"。

且从"日中战争时代的周作人"这一"事件史"中，拈出几个例子。一九三八年四月二十八日，上海《文摘·战时旬刊》译载了日本大阪《每日新闻》关于当年二月九日在北平举行"更生中国文化建设座谈会"的报道，周作人亦参与其中。译者按语有云："这个座谈会的召集，名义上虽由大阪每日新闻社出头，但我想任何人也不敢断言它并非受日本法西军阀授意的。"五月五日，武汉文化界抗敌协会通电全国文化界："请援鸣鼓而攻之义，声明周作人钱稻孙及其他参加所谓'更生中国文化建设座谈会'诸汉奸，应即驱逐出我文化界之外，藉示精神制裁，至各汉奸通敌叛国之罪责，俟诸政府明正典刑可也。"五月十四日，茅盾、郁达夫、老舍等十八位作家发表《致周作人的一封公开信》称："先生此举，实系背叛民族，屈膝事仇之恨事，凡我文艺界同人无一人不为先生惜，亦无一人不以此为耻。"六月三日，陕甘宁边区文化界救国协会也向全国发出讨周通电。此皆与前述译者出诸同一判断。历来论家亦多持类似看法。尽管当时郁达夫说："现在颇有些人，说周作人已作了汉奸，但我却始终仍是怀疑。所以，全国文艺作者协会致周作人的那一封公开信，最后的决定，也是由我改削过的；我总以为周作人先生，与那些甘心卖国的人，是不能作一样的看法的。"（《回忆鲁迅》）事后郑振铎也说："茅盾他们在汉口的时候，曾经听到关于他的传说，有过联名的表示。但在那时候，他实在还不曾'伪'。"（《惜周作人》）周作人自己说："《大阪每日》所载不知何事，容托人查阅来看，以前津报曾说鄙人将做大学校长，或者亦此类乎？此事真伪自有事实可征，但世上有捕风捉影者及幸灾乐祸者，只可供他们去当材料，受其祸者无可奈何，造谣与报怨各各满足之后或自消沉耳。"（一九三八年五月二十七日致周黎庵）

《北京苦住庵记》则说："在抗战地区一片哗然之中所传由'敌人'或'敌寇'召集的座谈会，其实不过是某一个新闻社支局的企划而已。虽说如此，实际的情况还稍有些复杂麻烦，还在临时政府刚组建的时候，要请对有关去留问题须要慎重的周作人这样的人物，新闻社支局是没有这样的面子和威力的。在此，实际上出面邀请的是日本方面的出席者之一、军特务部人员武田熙（据笔者向本人直接问询）。"而"该人原是北京大学文学院的留学生"，与周作人有师生之谊。"受《大阪每日》支局长委托，武田熙所'动员'的中国方面的出席者几乎都很不情愿，特别是周作人，称如果让日本人感到我和哥哥鲁迅的立场是一样的，这样好吗？……想来他的出席当与抗战地区引起的反响相反，毫无疑问，在北京的生活其最大的威胁在于被怀疑为反日。……而周作人上述表示予以回绝的言辞也太没有力量了，结果被武田熙的'仅就文化建设请您讲讲话，决不会添任何麻烦的'客套话说服了。"当然作者也指出，周作人"未必是以拒绝的态度来应对这次邀请，这一事实乃是确切无疑的。此态度在他的内心并不与他所明言的不做李陵相矛盾，我们从他给周黎庵的复信的语调也可以察觉到这一点。然而，本来这是他个人信念上的问题，即使'此事真伪自有事实可征'而向外界充分准确地传达了，在抗日地区的常识上能否得到理解也是不能不成为疑问的"。当时李健吾所说，也许近乎实情："日人威逼利

41

诱是事实，他的虚与委蛇也是事实。"（胡马《北平的来信》之"收信者按"）

然而前引郑振铎文复云："……但他毕竟附了逆！"这正是历史的复杂之处：上述通电、公开信发表半年多后，周作人先后出任伪北京大学图书馆馆长和文学院院长；再过两年，又出任伪华北政务委员会教育总署督办。无论如何这坐实了人们当初的判断，甚至可以追溯到更早的批评，譬如巴金一九三四年以周作人为原型写的小说《沉落》——据作者说："《沉落》所攻击的是一种倾向，一种风气：这风气，这倾向正是把我们民族推到深渊里去的努力之一。"

一九三九年一月二十六日，居住上海的沈尹默作《和知堂五首》，小序有云："知堂近有诗见寄，读罢怅然，若有所触，不得不答，辄依韵和之，语意在可解不可解之间，惟览者自得之耳。"周诗写于一九三八年十二月十六日至一九三九年一月十四日，正是其人生发生重大转折之际。就中"禹迹寺前春草生，沈园遗迹欠分明。偶然拄杖桥头望，流水斜阳太有情"一首，沈氏和曰："一饭一茶过一生，尚于何处欠分明。斜阳流水干卿事，未免人间太有情。"似乎立场与通电及公开信作者又有不同，乃以周氏未能真正消极，不问世事，而窥见某种危险倾向。周作人的回应，见当年十月十七日所作《禹迹寺》："匏瓜厂指点得很不错。这未免是我们的缺点，但是这一点或者也正是禹的遗迹乎。"又说："中国圣贤喜言尧舜，而所说多玄妙，还不如大禹，较有具体的事实。"以后他在《苦茶庵打油诗》中重述此意："匏瓜厂指点得很不错。但如致废名信中说过，觉得有此怅惘，故对于人间世未能恝置，此虽亦是一种苦，目下却尚不忍即舍去也。"《北平苦住庵记》说周氏"这首诗的慨叹乃发自欲参与临时政府的自觉，当无可置疑"。对此我稍有异议，觉得那时他的想法还没这么明确；不过诗里所流露的思想动向值得注意，即如本书所说："这中间的消息，不免显示出他一面保全了自己的体面，一面不断后退的文弱之士的虚荣，然而，这恐怕是看错了他自己所承担之位置的一种观点吧。"沈氏为之"快然"者，盖即此也。历史的复杂之处，也是人性的复杂之处；这仅仅有助于理解当事人的动机，却无关乎我们做出相关"结论"。

　　一九四一年一月四日，周作人出任伪教育总署督办。

43

多年后他解释说:"关于督办事,既非胁迫,亦非自动(后来确有费气力去自己运动的人),当然是由日方发动,经过考虑就答应了,因为自己相信比较可靠,对于教育可以比别个人出来,少一点反动的行为也。……当时友人也有劝我不要干的,但由于上述的理由,遂决心接受了。"(一九六四年七月十八日致鲍耀明)关于"日方发动",据《北京苦住庵记》,曾采访过周作人的山本实彦在北平沦陷不久就说:"有人甚至想以这个人为中心让他出面做北方的文化工作,而本人推说自己不能胜任,没有出马。"这里历史同样有其复杂之处,亦见《北平苦住庵记》:"有关劝诱周作人出马的工作,兴亚院联络部文化局是小心谨慎思前想后的,但似乎并没有用不得已的强硬手段气势汹汹地逼迫这样的事实。交涉的结果也多少使周围的日本人感到有些意外。桥川时雄在事前被松井真二问及周作人果真会出马否,则答道'或者有百分之一的可能吧,若是我的话不会出马的'。志智嘉九郎也说'若是他坚决不接受也不能勉强为之的,因此我觉得劝诱工作做得很顺利'。还有一个人,就是从文部省派来做教育总署'学务专员'(即顾问,因考虑到此前以顾问名义实行'内部指导'而名声狼藉，故改为此称），在教育部与汤、周两督办接触最频繁的臼井亨一，也这样写道：'当时北支那文教界的元老汤尔和先生逝世后，谁就任教育总署督办一职就成了众人瞩目的焦点，果然，不负文教界的众望，当然也让一部分世人的预测落空，周先生登上了这个舞台。盖一些日本人也曾预测，周作人恐不会放弃高蹈的文人生活而进庸俗絮烦的官场的。……另外，还有一个推测其不会出马的理由，这里就不说了。'这个没有讲的推测，大概是周作人与重庆方面的关系或与鲁迅相通的思想观念等一类的推测吧，而臼井亨一在一九四四年回到日本的时候，考虑到周作人的身世处境有意略而不讲的。"自然这也无预于我们做出"结论"。

历史的这种复杂性，甚至一直延续到一九四六年至一九四七年经南京首都高等法院和最高法院两次宣判，周作人一案定谳之后。《北平苦住庵记》有一处提到"周作人在战争末期题为《红楼内外》的回顾北大文学内外友人的文章"，此文实为一九四八年所写，登在黄萍荪编《子曰》第四、五辑。该刊第三辑所载《呐喊索隐》，乃是抗战胜利后周氏首次发表文章。由此开始，至一九六六年

45

七月八日中止《平家物语》译事，他共创作约二百万字，翻译约四百万字。正如《北京苦住庵记》所说："特别是一九五一、一九五二年前后，在上海《亦报》连载后单行出版的《鲁迅的故家》《鲁迅小说里的人物》等，乃是非周作人莫属的工作，而且是他作为有关鲁迅资料的提供者这一被赋予的角色与清末民初时代的掌故或绍兴、东京、北京等人物和风俗这一自己最后之关心所在有效结合，作为作品亦获得了很大成功的著作。周作人作为翻译者的使命也是一样。……时代的发展早已把他的思想和文学抛到了后面，但尽管如此，没有过分地扭曲自己而得以继续执笔写作，这对于他那样的文人之自尊心来说，首先是一种幸运。甚至让人感到在此有奇异的自由在，即正因为不容许参与到政治与意识形态的前线中去这样的身世处境，使他得以幸免于一般文艺工作者的严峻使命。"较之同辈或下一两辈，周作人显然有更多传世之作成于这一时期，尽管只能署"周启明"或"周遐寿"等名字，当时也很少为读者所关注，然时至今日，却须"刮目相看"了。

周作人也是我"平素爱读的作家"，而我同样"希望确认事件真相"，且无意另下"结论"，是以读《北京苦

46

住庵记》获益匪浅。书中亦偶有瑕疵，对比原著，其责或在作者，或在译者。如中译本第二十二页："上述《日本的衣食住》后改题为《日本管窥之二》"，应为"《日本的衣食住》原题为《日本管窥之二》"；四十四页："他寻曾经卖过《现代日本小说译丛》和海罗达思《拟曲》等译稿的因缘"，"《现代日本小说译丛》"应为"《现代小说译丛》《现代日本小说集》"；四十五页："从香港入京的王克敏等军阀时代的旧政客群，再加上'四教授'和前北大教授董康等"，应为"……再加上'四教授'之外的前北大教授董康等"；八十九页，"沈尹默和诗曾以《和知堂五首》为题载于上海的《鲁迅风》（第十四期，一九三五年五月）"，"一九三五年五月"应为"一九三九年五月"；一百五十八页，"一九四〇年，正好五十岁之际，他篆刻了准备在此后的文章上使用的印章，上面有'知堂五十以后所作'八个字"，"五十岁"应为"五十五岁"，"'知堂五十以后所作'八个字"应为"'知堂五十五以后所作'九个字"，又，周氏此章系一九四〇年所刻，所云五十五岁却是前一年即一九三九年的事；一百八十九页，"署有二月二十日落款的挂号信也寄给了文学报国会"，"二月

47

二十日"应为"三月二十日";二百二十八页,"以下十三人于五月二十七日用飞机被送到首都南京","十三人"应为"十四人",所列缺刘玉书、王谟,"余家龢"应为"余晋龢","汪时璟(同委员会财政厅长)"应为"汪时璟(同委员会经济总署督办)","江亢虎(北京市市长)"应为"江亢虎(国民政府委员)",又,周作人名下标注"同委员会委员,'北大'文学院院长",其实这时他已辞去后一职务,正担任的是华北综合调查研究所副理事长;二百三十四页,"先在太仆寺街的弟妇家(芳子曾在此做助产妇)落脚",应为"先在太仆寺街的尤炳圻家落脚";二百三十六页,"一九四六年六月曾给傅斯年寄去一首题为《骑驴》的诗","给傅斯年寄去"应为"'送给'傅斯年";二百三十九页,"周作人曾于这年十月或十一月前后托赵荫堂('北大'文学院教授,音韵学学者。也作小说,曾参加第三届大东亚文学者大会)向董鲁安打探","赵荫堂"应为"赵荫棠";二百六十二页,"有二百余章近三十万字","近三十万字"应为"三十八万字"。又,三十三页,"有关阿尔萨斯-洛林的悲剧而得名的都德小说'最后的一课'",译者注云阿尔萨斯-洛林"一九四〇年被德国占领",应为"一八七〇年至一八七一年普法战争后被德国占领";二百九十五页,译者后记中"'更生中国文化座谈会'(一九三七)","一九三七"应为"一九三八"。

二〇〇八年八月三十一日

鲁迅与美术

近阅孙郁《鲁迅藏画录》一书，重新引起我对"鲁迅与美术"的兴趣，遂找出二十多年前出的四册《鲁迅编印画集辑存》来看。我曾提出"纵读鲁迅"：一，按照时间顺序来读；二，将日记、创作、翻译、书信一并来读。现在想，鲁迅编印的那些木刻作品，亦当纳入其中，或许可以看到一个更完整的鲁迅。

一九二七年四五月间，鲁迅写了《故事新编》中的《眉间尺》（后改题《铸剑》），又编定《野草》《朝花夕拾》，加上先前出版的《呐喊》《彷徨》，按他的说法，"可以勉强称为创作的，在我至今只有这五种"，"此后就一无所作，'空空如也'"（《〈自选集〉自序》）。而就在这年年底，鲁迅起手翻译日本坂垣鹰穗著《近代美术史潮论》，连载于《北新》，一九二九年三月登完。据他说，"我所以翻译这书的原因，是起于前一年多，看见李小峰君在搜罗《北新月刊》的插画，于是想，在新艺术毫无根柢的国度里，零星的介绍，是毫无益处的，最好是有一些统系。其时适值这《近代美术史潮论》出版了，插画很多，又大抵是选出的代表之作。我便主张用这做插画，自译史论，算作图画的说明，使读者可以得一点头绪。……至于这一本书，自然决非不朽之作，但也自成统系，言之成理的，现在还不能抹杀他的存在。"（《致〈近代美术史潮论〉的读者诸君》）书中观点鲁迅未必尽皆认同，但藉此展现了他有关世界美术的广阔视野。不过鲁迅此后主要著力的版画，《近代美术史潮论》几未涉及，只有个别插图是铜版或木刻而已。

一九二九年一月，鲁迅编印了第一种画集《近代木刻选集（1）》，至一九三六年七月，陆续有《蕗谷虹儿画选》《近代木刻选集（2）》《比亚兹莱画选》《新俄画选》《梅斐尔德木刻士敏土之图》《北平笺谱》《引玉集》《木刻纪程（1）》《十竹斋笺谱》《凯绥·珂勒惠支版画选集》和《死魂灵一百图》问世，此外上海良友图书印刷公司出版的《苏联版画选》，亦为他所编选。除《木刻纪程（1）》旨在扶助国内新兴木刻运动外，大致不出他最初的规划："虽然材力很小，但要绍介些国外的艺术作品到中国来，也选印中国先前被人忘却的还能复生的图案之类。"目的则是："有时是重提旧时而今日可以利用的遗产，有时是发掘现在中国时行艺术家的在外国的祖坟，有时是引入世界上的灿烂的新作。"（《〈艺苑朝华〉广告》）也许还可加上一条：有时也是鲁迅的一种自我表达方式，就像他写杂文和翻译文学作品及理论著作一样；彼此间也不无相互补充、替代之用。最显明的例子便是在《为了忘却的记念》中所说的："当《北斗》创刊时，我就想写一点关于柔石的文章，然而不能够，只得选了一幅珂勒惠支（Käthe Kollwitz）夫人的木刻，名曰《牺牲》，是一个母亲悲哀地献出她的儿子去的，算是只有我一个人心里知道的柔石的记念。"

这些画册反映了鲁迅的审美趣味，其间容有差异。譬如他曾说，《木刻纪程（1）》"其实，佳作并不多"（一九三四年六月二十日致陈烟桥）；而所云《新俄画选》"其实那里面的材料是并不好的"（一九三四年七月二十七日致韩白罗），则是相对于后来居上的《引玉集》而言。

鲁迅最中意的，恐怕还是其中"自然也可以逼真，也可以精细，然而这些之外，有力，有美"（《〈近代木刻选集（2）〉小引》）的一路画作。他评梅斐尔德"很示人以粗豪和组织的力量"（《〈梅斐尔德木刻士敏土之图〉序言》），评苏联版画家"没有一个是潇洒，飘逸，伶俐，玲珑的。他们个个如广大的黑土的化身，有时简直显得笨重"《〈苏联版画集〉序》），"它真挚，却非固执，美丽，却非淫艳，愉快，却非狂欢，有力，却非粗暴；但又不是静止的，它令人觉得一种震动"（《记苏联版画展览会》），以及引用亚斐那留斯的话评珂勒惠支"这艺术是阴郁的，虽然都在坚决的动弹，集中于强韧的力量，这艺术是统一而单纯的——非常之逼人"（《〈凯绥·珂勒惠支版画选集〉序目》），都是这个意思。或许这些应该与他另一番话对照着看："盖中国艺术家，一向喜欢介绍欧洲十九世纪末之怪画，一怪，即便于胡为，于是畸形怪相，遂弥漫于画苑。而别一派，则以为凡革命艺术，都应该大刀阔斧，乱砍乱劈，凶眼睛，大拳头，不然，即是贵族。"（一九三四年六月二日致郑振铎）鲁迅不满足古典主义和现实主义，又否定立体主义和未来主义，比较倾向的

53

是美术史上介乎其间的象征主义和表现主义，而这与他的文学观不无一致之处。看《梅斐尔德木刻士敏土之图》《引玉集》和《凯绥·珂勒惠支版画选集》，多少使人联想起鲁迅曾经深受影响的安德列耶夫，以及他自己从前的某些作品，譬如《药》《不周山》(后改题《补天》)和《野草》里的不少篇章。这些画作中延续着鲁迅的艺术与文学生命。

鲁迅所编印的画册，大概要数上述几种最能体现他的美学观念。还有一部亚历克舍夫的《城与年之图》，亦在其列。此书包括鲁迅所作小引，曹靖华写的费定著《城与年》概略，亚历克舍夫的全部二十八幅木刻——由画家手拓，鲁迅逐一写有简要说明。一九三六年春夏之际鲁迅已编好，"至于印法，则出一单行本子，仍用珂罗版，付印期约在六月，是先排好文字，打了纸版，和图画都寄到东京去"(一九三六年五月十五日致曹靖华)。然而因病重未能实行。鲁迅逝世后，生前几种未刊之作陆续印出，惟独此书迄未出版。标有鲁迅说明文字的亚氏插图曾印入曹靖华译《城与年》中，但与鲁迅这部遗著毕竟不是一码事。

二○○八年六月三十日

鲁译刍议

前些时与朋友谈到书评，我说无非道出阅读一本书的理由而已。它首先属于自己，如果能够推及他人就更好了。这理由应该切实具体，不流于空泛，像贴标签喊口号那样。《鲁迅译文全集》新近面世，不妨拿来做个例子。

先看看别人是怎么讲的。王得后在《〈鲁迅译文全集〉终于出版了》一文中提出两点：一是"研究鲁迅的人是非读《鲁迅译文全集》不可的"，二是"研究中国现代翻译理论和翻译史的人也是不可不读《鲁迅译文全集》的"。有意思的是，我们是在"研究中国现代翻译理论和翻译史"的范畴内去"研究"别位译者，别种译著；只有涉及鲁迅，第一点才可以单独提出。我曾说，其他翻译家旨在推出好的译作，假使选目不当，译文不行，则什么都不是了，不过其意义也仅限于这两方面。鲁迅当然也曾斟酌选目，推敲译文，就算均不合乎通常要求，他的译作也还有另外一重意义：它们是鲁迅表现自己的方式，就像他的创作一样。其他译者——包括比鲁迅翻译成就更大的译者——即便存在"表现自己"的问题，也很难像鲁迅那样为我们所"研究"。

不过我所说鲁迅的翻译就像他的创作一样，需要引鲁迅自己的话稍作订正："每当不想作文，或不能作文，而非作文不可之际，我一向就用一点译文来塞责，并且喜欢选取译者读者，两不费力的文章。……我只要自己觉得其中有些有用，或有些有益，于不得已如前文所说时，便会开手来移译，但一经移译，则全篇中虽间有大背我意之处，也不加删节了。"（《〈思想・山水・人物〉题记》）虽然其间或多或少存在差别，但不能因此就忽视或否认翻译之于鲁迅的重要性。研究鲁迅，舍此则难免"以偏概全"。

有几种译作对于鲁迅研究尤其重要。我曾说，鲁迅所译阿尔志跋绥夫笔下绥惠略夫这一形象，与他自己塑造的阿Q有着对应关系；或者说，《工人绥惠略夫》一书与《呐喊》《彷徨》有着互补关系。鲁迅后期基本上停止了文学创作，原因之一，如其在《英译本〈短篇小说选集〉自序》中所说："现在的人民更加困苦，我的意思也和以前有些不同，又看见了新的文学的潮流，在这景况中，写新的不能，写旧的又不愿。"但是他的文学翻译却持续始终，而且数量较前更多。鲁迅谈及所译法捷耶夫《毁灭》时说"就像亲生的儿子一般爱他"（《关于翻译的通信》），可知此项译事，有如他过去写作《呐喊》《彷徨》。鲁迅心目中"新的文学"，还应包括所译《一天的工作》中那些"无产者作家的短篇小说"，对此他尝与"同路人"的作品——经他手译出的有短篇小说集《竖琴》和雅各武莱夫的中篇小说《十月》——作对比说："我们看起作品来，总觉得前者虽写革命或建设，时时总显出旁观的神情，而后者一落笔，就无一不自己就在里边，都是自己们的事。"（《〈一天的工作〉前记》）鲁迅之为中国左翼文学的中坚，他的翻译也许比杂文写作所起作用更大，先是介绍了这方面的理论——包括片上伸著《现代新兴文学的诸问题》，卢那察尔斯基著《艺术论》《文艺与批评》，普列汉诺夫著《艺术论》，以及《文艺政策》等，继而又供给了《毁灭》之类作品。

王得后所说两点，自是荦荦大端，但用供特殊研究，则不免囿于"小众"；这套书印数区区一千六百，大概只为满足此种需求。以我认认真真看过一遍鲁迅全部译著的体会，时至今日，即便对于不"研究鲁迅"也不"研究中国现代翻译理论和翻译史"的普通读者，《鲁迅译文全集》有一部分也还读得。总的来说，鲁迅翻译的文学作品，特别是小说，比他翻译的理论著作更可一读；从日文直接翻译的作品，比从日文或德文转译的作品更可一读；此外就要看原作水平的高下了，鲁迅译了不少水平高的作品，也译了一些水平不够高的作品，倒无关著名与否。我个人以为仍可一读的，有阿尔志跋绥夫著《工人绥惠略夫》，《现代小说译丛（第一集）》，《现代日本小说集》，爱罗先珂著《爱罗先珂童话集》《桃色的云》，厨川白村著《苦闷的象征》《出了象牙之塔》，望·霭覃著《小约翰》，鹤见祐辅著《思想·山水·人物》，班台莱耶夫著《表》，契诃夫著《坏孩子和别的奇闻》，果戈理著《死魂灵》和巴罗哈著《山民牧唱》。当然，别人或许另有取舍。

这里有两个问题。第一，上述诸书有些系转译，而至少几种俄国作品，后来已经有人直接从原文译出，成为所谓"替代译本"了。对此不应一概而论。周作人曾说："我想在原则上最好是直接译，即是根据原书原文译出，除特别的例外在外，不从第二国语重译为是。"但他也指出："从第二国语重译常较直接译为容易，因原文有好些难解的熟语与句法，在第二国语译本多已说清，而第二国语固有的这些难句又因系译文之故多不滥用，故易于了解。要解除这个困难，应于原文原书之外，多备别国语的译本以备参考比较。"（《谈翻译》）现在有些直接译自原文的书，恰恰因为"原文有好些难解的熟语与句法"，又不能"多备别国语的译本以备参考比较"，结果乱译一气。而鲁迅翻译《表》《死魂灵》，同时借助了德、日两种译本；与齐寿山合作翻译《小约翰》，"有时进行得很快，有时争执得很凶，有时商量，有时谁也想不出适当的译法"（《〈小约翰〉引言》）。现在的译者，不一定肯花这番工夫呢。

第二，瞿秋白说："讲到你最近出版的《毁灭》，可以说：这是做到了'正确'，还没有做到'绝对的白话'。"（《关于翻译的通信》）其实与梁实秋"硬译"的批评相去不远。鲁迅则标举"宁信而不顺"。这更多体现于他那些理论译著，而我所列出的几种，读来还是相当顺畅且颇见文字之美的。鲁迅的"硬译"，目的"不但在输入新的内容，也在输入新的表现法"，此处姑置勿论；但他所说："因为译者的能力不够和中国文本来的缺点，译完一看，晦涩，甚而至于难解之处也真多；倘将仂句拆下来呢，又失了原来的精悍的语气。在我，是除了还是这样的硬译之外，只有'束手'这一条路——就是所谓'没有出路'——了，所余的唯一的希望，只在读者还肯硬着头皮看下去而已。"（《〈文艺与批评〉译者附记》）却未必为后来译者所完全解决。涉及思维周密、表述复杂的理论著作，"中国文本来的缺点"依然存在，而这方面"译者的能力不够"，亦非鲁迅一人为然。

鲁迅的译著迄今汇编过三次：一九三八年版《鲁迅全集》；一九五八年版《鲁迅译文集》；这回的《鲁迅译文全集》，以收集之全和校勘之精论超过了前两个版本，但也不无小小遗憾。第一，《出版说明》称："单行本和散篇分别按初次出版或发表时间顺序排列"，然而彼此有联系的作品，因此也就分置二处，如《爱罗先珂童话集》与《桃色的云》为同一作者所著，现在中间却隔着《现代

日本小说集》;《竖琴》与《一天的工作》本为拟议中的
"新俄小说家二十人集"之上下册,后来更合为《苏俄作
家二十人集》重新印行,现在中间却隔着《十月》,此固
严守体例,阅读却颇不便。第二,"译者附记、出版广告
等均附在相关译作之作",现在收入第三、五、六、七卷
者,附记在某一种之末;收入第四、八卷者,则在某一篇
之末,目录中或列有标题,或不列标题;第一卷中,《现
代小说译丛(第一集)》附记在篇末,《爱罗先珂童话集》
则在书末;第二卷中,《苦闷的象征》和《出了象牙之塔》
附记在书末,《现代日本小说集》的四则附记则未收录,
此或因原来各单行本情况不同,但编为全集,理应统一处
理。第三,"除保留初版本插图外,适当增加初版和初刊
书影、原著者及相关人物照片、美术作品、史料图片等",
"适当"之尺度殊难把握,以至《思想·山水·人物》和
《死魂灵》书影阙如,而"原著者及相关人物照片、美术
作品、史料图片等"乃属多此一举。不过瑕不掩瑜,鲁迅
译著历五十载重新整理出版,善莫大焉,功莫大焉。

二〇〇八年八月十九日

61

《周氏兄弟合译文集》总序

　　一九〇六年夏秋之际，周作人随鲁迅赴日本；一九二三年七月，二人失和。其间在中国现代思想史和文学史上，他们更多呈现为一个整体，所谓"周氏兄弟"是也。彼此有多方面的合作，例如一起为《河南》杂志写稿；周作人协助鲁迅编辑《会稽郡故书杂集》和《古小说钩沉》——前者付印时，即署周作人之名；周作人所作《欧洲文学史》及《小河》等，亦经过鲁迅修改。然而其中荦荦大端，究属对于外国文学作品的翻译。收在这里的四种译作就是具体成绩，在周氏兄弟前期的文学活动中，占有重要地位。

　　《红星佚史》一九〇七年十一月由上海商务印书馆出版，署英国罗达哈葛德安度阑俱著，会稽周逴译。后来周作人说："我译《红星佚史》，因为一个著者是哈葛德，而其他一个又是安特路朗的缘故。当时看小说的影响，虽然梁任公的《新小说》是新出，也喜欢它的科学小说，但是却更佩服林琴南的古文所翻译的作品，其中也是优劣不一，可是如司各得的《劫后英雄略》和哈葛德的《鬼山狼侠传》，却是很有趣味，直到后来也没有忘记。安特路朗本非小说家，乃是一个多才的散文作家，特别以他的神话学说和希腊文学著述著名，我便取他的这一点，因为《红星佚史》里所讲的正是古希腊的故事。这书原名为《世界欲》(*The World's Desire*)，因海伦佩有滴血的星石，所以易名为《红星佚史》。"(《知堂回想录·翻译小说上》)按 Rider Haggard 通译赖德·哈格德，Andrew Lang 通译安德鲁·兰。该书由周作人直接从英文翻译，其中约二十来首诗歌由他口译，鲁迅笔述。

《域外小说集》第一册于一九〇九年三月出版，收小说七篇；第二册于同年七月出版，收小说九篇，周氏兄弟译于一九〇八年至一九〇九年间。就中鲁迅据德文转译三篇，余为周作人据英文翻译或转译(《灯台守》中诗歌亦由他口译，鲁迅笔述)。书在东京付梓，署会稽周氏兄弟纂译，周树人发行，上海广昌隆绸庄寄售。序言、略例，似皆出自鲁迅手笔。鲁迅曾说，当时他们"注重的倒是在绍介，在翻译，而尤其注重于短篇，特别是被压迫的民族中的作者的作品。因为那时正盛行着排满论，有些青年，都引那叫喊和反抗的作者为同调的"（《我怎么做起小说来》），总括一句，旨在标举"弱小民族文学"。以后周作人继续从事此项译介，一九一〇年至一九一七年间共完成二十一篇，一九二一年《域外小说集》由上海群益书社出版增订本时一并收入。增订本署周作人译，序言实为鲁迅所写。

《现代小说译丛（第一集）》一九二二年五月由上海商务印书馆出版，署周作人译。其中鲁迅译九篇，周作人译十八篇，周建人译三篇。此前周作人已有翻译的短篇小说集《点滴》问世，《现代小说译丛》继乎其后，都体现了以白话文来介绍"弱小民族文学"的实绩。冠名"第一集"，似乎预告有个大的计划，如同当初《域外小说集》之打算"继续下去，积少成多，也可以约略绍介了各国名家的著作了"。然而续集未及开译，兄弟即告失和，这计划也就中断了。

《现代日本小说集》一九二三年六月由上海商务印书馆出版，署周作人编译。其中鲁迅译十一篇，周作人译十九篇。这是与《现代小说译丛》相并行的译著，专门介绍日本现代文学，作家及篇目遴选则体现了周氏兄弟对于日本文学史这一时期的独特把握。据周作人说，"后来第二集不曾着手"（《佐藤女士的事》），乃与《现代小说译丛》以同样原因而中止。该书附录系周作人编理，芥川龙之介与菊池宽两则，部分袭用了鲁迅《〈鼻子〉译者附记》《〈罗生门〉译者附记》和《〈三浦右卫门的最后〉译者附记》的字句。

以上各书，均已绝版多年。其中鲁迅所译部分，以后编入一九三八年版《鲁迅全集》和一九五八年版《鲁迅译文集》；《现代日本小说集》中的周作人译作，亦曾收进《苦雨斋译丛》。现在按照原来完整样子重新印行，读者俾可体会周氏兄弟曾经有过的共同追求。绝大部分篇章迄今尚无替代译本，其中颇有堪称杰作者。虽然是八九十年前的译笔，至少《现代小说译丛（第一集）》和《现代日本小说集》如今读来还是"达""雅"兼具，说句老实话，较之现在市面上不少译本要好得多。《红星佚史》以商务印书馆一九一四年四月再版本为底本，《域外小说集》以群益书社一九二一年初版本为底本，《现代小说译丛（第一集）》以商务印书馆一九二二年五月初版本为底本，《现代日本小说集》以商务印书馆一九二五年十二月三版本为底本。所作更动惟竖排改为横排，繁体改为简体，以及对明显错字酌予订正。

二〇〇五年十一月十二日

附记

　　三年前我在出版社工作，得以印行《周氏兄弟合译文集》。当时写过一篇总序，《相忘书》《云集》均未收录。这回又谈鲁迅翻译，因附于其后。

二〇〇八年九月二十七日

《明清笑话集》整理后记

　　周作人编选明清笑话，旨趣具见所撰《〈苦茶庵笑话选〉序》和《〈明清笑话集〉引言》，这里对前后经过稍作介绍。《〈苦茶庵笑话选〉序》有云："……我的意思还是重在当作民俗学的资料，兹先选明清文人所编者为一集，如能更往民间从老百姓口头录下现时通行笑话为第二集，则其价值当更大矣。"实则，他这"第二集"倒是先行着手，即一九二四年七月九日、十日《晨报副刊》连载之《徐文长的故事》，但"不知怎地触犯了《晨报》主人的忌讳，命令禁止续载"（《答伏园论"〈语丝〉的文体"》），遂告中断。

　　周作人一九三三年六月二十七日日记云："上午抄

67

《笑府》。"六月二十九日："下午在书斋抄《笑府》，至晚了。"三十日："上午抄《一夕话》中《笑倒》。"七月二日："下午抄《笑倒》了。"十六日："下午选抄石天基《笑得好》，晚了。"十七日："上午抄笑话稿了，寄给北新。"二十一日："写序文，未了。"二十七日："上午写序文了，共五千言，下午寄给北新。"当年十月，周作人编《苦茶庵笑话选》由北新书局出版。

一九四五年一月二十日，周作人作《〈笑赞〉》一文，载同年三月《杂志》第十四卷第六期，后收《立春以前》。其中提到《苦茶庵笑话选》所收三种之外，"还有《笑赞》一卷，题清都散客述，清都散客又著有《芳茹园乐府》，即明赵南星，故此书亦特别有意思，惜传本木板漫漶，不能据录"，而他"近时偶尔见到一部，印似较早，虽亦漫漶而尚多可辩识，因借抄一过"。一九四五年三月《艺文杂志》第三卷第三期预告，周作人编辑《杂学汇编》即将出版，甲集第一册为明赵南星《笑赞》《芳茹园乐府》，前述周氏文章，疑即此册之序或后记。然而该书并未面世。

周作人一九五三年七月二十四日日记云："找出《笑赞》抄本，拟改编明清笑话选。"一九五五年十一月六日：

"上午重抄《笑赞》，至下午约得一半。"八日："抄书至下午了，共四十纸，订为一册。"十二月十六日："寄冠五信文学古籍社，试问要笑话集否，但恐无此见识耳。"十二月二十七日："外文社李荒芜来访，谈《笑话选》事，下午少抄《笑府选》。"二十九日："上午抄《笑府选》，至下午得四十纸了，订为一册。"三十日："抄《笑倒选》若干纸。"三十一日："上午抄《笑倒选》了。下午抄《笑得妙〔好〕选》。"一九五六年一月一日："下午抄《明清笑话集》了，分订为四册。"一月二日："上午……起草写《笑话集》引言，至下午才得三纸耳。向绍原借用《韩非子集解》。"三日："下午续写引言了，共五千余字。"四日："上午重抄引言，至下午已成十之八九。向绍原借《大学章句》，加添小注。"十一日："上午得文学古籍刊行社六日信。"十三日："上午李荒芜来访，取去《笑话集》稿。"二十六日："上午李荒芜来送还笑话稿，即寄给文·古·社，并寄信。"一九五六年二月二日周氏致信松枝茂夫，有云："《笑话选》久思改编，未有机会。数月前'外文出版社'拟选译笑话一册为英文，嘱供给资料，因发心于原书三部分外加入赵南星之《笑赞》全文（此书难

69

得完全板本，因此我所抄存的一卷也可以算是珍本了），名为《明清笑话集》。除借给外文社抄出一本外，已寄给文学古籍刊行社（人民文学出版社内之一分支）去看，未知能接受出版否耳。"五月十五日致松枝茂夫信云："武藤君赐书乞先代为致意道谢，《笑府研究》裨益良多，因旧编《笑话选》拟改编为《明清笑话集》，《笑府》原书不可得见，根据武藤君研究，对于旧选亦可有不少改正也。"七月七日致松枝茂夫信云："改编明清笑话选，据外文出版社来人所说，已决定在年内开始选译（英文），并云在上海找到《笑府》一部六册，将来拟借用改订，选取当可较多，惜明刊《开卷一笑》终不可得见耳。"七月十九日日记："上午得文·古·社信，寄还《笑话集》稿一份。"一九五七年一月十三日日记："午后校订《笑话集》，下午了。托丰一付邮寄给人·文·社。……得李荒芜信，云已调往文研，又知前云外文社得《笑府》乃《笑史》之讹也。"一九五八年三月，该书由人民文学出版社出版，易名《明清笑话四种》，署"周启明校订"。较之《苦茶庵笑话选》，除另外撰写引言并增补《笑赞》外，删去《笑府选》中九则，《笑倒选》中二则，《〈半庵笑政〉补记》

和《徐文长的故事》，又《笑府选》及《笑倒选》某些标题有所改动。一九八三年十一月，《明清笑话四种》由人民文学出版社改版重印。

此番重新出版，我所做的是：一，以一九五八年版《明清笑话四种》为底本，参校一九三三年版《苦茶庵笑话选》和一九八三年版《明清笑话四种》；二，将《苦茶庵笑话选》原有而《明清笑话集》删略部分附于书末，并制一"标题对照表"；三，《明清笑话四种》目录于《笑赞》《笑府选》《笑倒选》《笑得好选》只标"本文七十二则""本文一百六十七则""本文六十五则""本文五十三则"，现参照《苦茶庵笑话选》样子，将各则标题列出；四，恢复周作人原拟之《明清笑话集》书名。

二〇〇八年十一月六日

张爱玲小说谈片

一

一九四三年八月《紫罗兰》第五期发表张爱玲的《沉香屑：第二炉香》，编者周瘦鹃说："张女士因为要出单行本，本来要求我一期登完的；可是篇幅实在太长了，不能如命，抱歉得很！"（《写在〈紫罗兰〉前头》）对照同月《杂志》载张爱玲《到底是上海人》所说："我为上海人写了一本香港传奇，包括《沉香屑　一炉香》，《二炉香》，《茉莉香片》，《心经》，《琉璃瓦》，《封锁》，《倾城之恋》七篇。写它的时候，无时无刻不想到上海人，因为我是试着用上海人的观点来察看香港的。只有上海人能够懂得我的文不达意的地方。"可知她已有出版小说集的计划，大概即以"传奇"作为书名。然而此时才发表了所提到的前三篇，《心经》登了一半，而《封锁》写于一九四三年八月，《倾城之恋》写于九月，《琉璃瓦》写于十月，都还只是腹稿。七篇小说中，前三篇确为"香港传奇"，《倾城之恋》亦以香港为主，其余三篇则将背景移至上海，与起初构思有所不同。

柯灵《遥寄张爱玲》一文有云："据说平襟亚愿意给她出一本小说集，承她信赖，向我征询意见。……我恳切陈词：以她的才华，不愁不见知于世，希望她静待时机，不要急于求成。她的回信很坦率，说她的主张是'趁热打铁'。她第一部创作随即诞生了，那就是《传奇》初版本，出版者是杂志社。我有点暗自失悔：早知如此，倒不如成全了中央书店。"不知中央书店拟出之张爱玲小说集，是否即前述七篇。一九四四年八月上海杂志社出版的《传奇》，增加了作者继《琉璃瓦》之后所作《金锁记》《年轻的时候》和《花凋》。末一篇写于一九四四年二月，而同年五月作《鸿鸾禧》未收，以此推想，书稿当在此期间编成。书前印有作者题词："书名叫传奇，目的是在传奇里面寻找普通人，在普通人里寻找传奇。"一九四四年九月《杂志》第十三卷第六期所载《〈传奇〉集评茶会记》，转述张爱玲的意见："她又说人家欢喜她的《金锁记》和《倾城之恋》，可是她自己最欢喜的倒是《年青的时候》，可是很少人欢喜它。她自己最不惬意的是《琉璃瓦》和《心经》，前者有点浅薄，后者则是晦涩。"

《传奇》出版时，书脊标明"张爱玲小说集之一"，但嗣后并无"之二"面世。一九四六年十一月上海山河图书公司出版《传奇》增订本，卷首《有几句话同读者说》云："《传奇》里面新收进的五篇，《留情》，《鸿鸾禧》，《红玫瑰与白玫瑰》，《等》，《桂花蒸　阿小悲秋》，初发表的时候有许多草率的地方，实在对读者感到抱歉，这次付印之前大部分都经过增删。还有两篇改也无从改起的，只好不要了。"——《传奇》出版后所作小说，其实共有四篇未予收录："自动腰斩"的《连环套》，近似小品的《散戏》，"改都无从改起"的《殷宝滟送花楼会》和"也腰斩了"的《创世纪》。

一九五四年七月香港天风出版社出版《张爱玲短篇小说集》，《自序》云："《传奇》出版后，在一九四七年又添上几篇新的，把我所有的短篇小说都收在里面，成为《传奇》增订本。这次出版的，也就是根据那本'增订本'，不过书名和封面都换过了。"自此不再使用"传奇"这个书名。一九六八年起皇冠出版社出版张爱玲作品系列，《张爱玲短篇小说集》列第四种。一九九一年起出版《张爱玲全集》，先是分为《回顾展Ⅰ——张爱玲短篇小说集之一》和《回顾展Ⅱ——张爱玲短篇小说集之二》，后又改题《倾城之恋——张爱玲短篇小说集之一》和《第一炉香——张爱玲短篇小说集之二》，列第五、六卷。

二

抗战胜利至一九五二年张爱玲前往香港，七年间她虽有短篇小说《多少恨》《郁金香》，长篇小说《十八春》和中篇小说《小艾》问世，但影响远不如前，水准亦有下降。这与其所处环境条件不无关系——她的作品后来只能登在小报上了，《十八春》和《小艾》更用了"梁京"的笔名，尽管前一种曾出过单行本。作者谈到根据自己的电影剧本《不了情》改写的《多少恨》时说："这一篇恐怕是我能力所及的最接近通俗小说的了。"《十八春》和《小艾》同样近乎"通俗小说"。

　　一九五四年，张爱玲的长篇小说《秧歌》和《赤地之恋》分别由香港今日世界出版社和天风出版社出版。——关于这两本书，论家多沿袭柯灵二十多年前《遥寄张爱玲》中所说："对她的《秧歌》和《赤地之恋》，我坦率地认为是坏作品，……并不因为这两部小说的政治倾向，我近年来有一种越来越固执（也许可以说坚定）的信念：像政治、宗教这一类有关信仰的问题，应当彼此尊重，各听自便，不要强求，也决不能强求。"撇开前面的断言，所论迄今仍不失清明；但是他说的"《秧歌》和《赤地之恋》的致命伤在于虚假，描写的人、事、情、境，全都似是而非，文字也失去作者原有的美"，尤其是"在国内读者看来，只觉得好笑"的判断，却容我们有新的认识。而且，将《秧歌》和《赤地之恋》相提并论亦欠准确。一九七一年水晶采访张爱玲，"她主动告诉我：《赤地之恋》是在'授权'（Commissioned）的情形下写成的，所以非常不满意，因为故事大纲已经固定了，还有什么地方可供作者发挥的呢"（《蝉——夜访张爱玲》）？关于《秧歌》，张爱玲从未有过类似说法。

三

《秧歌》和《赤地之恋》作者另写有英文本，一名 *The Rice Sprout Song*，一名 *The Naked Earth*。前一部得以在美国出版（New York: Charles Scribner's Sons, 1955）。一九五五年张爱玲移居美国后，拟趁势改以英文从事创作。然而只发表了一个短篇小说 *Stale Mates*（*The Reporter*, Sep., 1956），出版了一部长篇小说 *The Rouge of the North*（London: Cassell and Company, 1967），并分别改写为中文小说《五四遗事》和《怨女》，余皆无人问津，埋没至今。

张爱玲的英文小说，除 *The Rouge of the North* 的前身 *Pink Tears* 和未完成的 *Young Marshal* 外，据二〇〇七年十月九日《苹果日报》报道，宋淇之子宋以朗介绍，保存下来的还有"几本从来没有曝光的英文小说：三百八十七页的 *The Book of Change*、超过四百二十页的 *The Fall of Pagoda*，以及短篇 *The Long River*。书稿用五六十年代机械打字机打出来，稿面写张爱玲的英文名字 Eileen Chang，没有完稿日期，但有两个出版中介人名称及纽约地址"。
(《张爱玲在我家住过几个月》)

张爱玲赴美后，中文作品数量无多，论家辄言其"创作力衰退"。如果考虑到相当长一段时间内她并未主要用心于此——《五四遗事》和《怨女》只是"副产品"——恐怕说"不成功"更其恰切。衰退无可救药，不成功则可能因重获发现而有所改变，这有赖于将她的英文作品译成中文出版，尽管作者已不及见。一九九二年三月十二日张爱玲致信——类似遗嘱性质——宋淇夫妇，也曾提到她身后"还有钱剩下的话，我想(一)用在我的作品上，例如请高手译没出版的出版"。

四

张爱玲的后半生，很大精力用于"收拾"旧作。大概只有将《十八春》改写为《半生缘》系其主动所为。有如署名"皇冠出版社编辑部"的《余韵·代序》所说，《十八春》"这本书张爱玲带了出来，到美国定居后，认为和原来的构想有别，将全书修润并重写下半部"，先以《惘然记》为题连载，最后定名《半生缘》。——据宋淇《私语张爱玲》一文说："《半生缘》这书名是张爱玲考虑了许久才决定采用的。一九六六年十二月她来信说：《十八春》本想改名《浮世绘》，似乎不切题；《悲欢离合》又太直；《相见欢》又偏重了'欢'；《急管哀弦》又调子太快。次年五月旧事重提，说正在考虑用《惘然记》，拿不定主意。我站在读者的立场表示反对，因为《惘然记》固然别致，但不像小说名字，至少电影版权是很难卖掉的。《半生缘》俗气得多，可是容易为读者所接受。爱玲终于采纳了这客观的意见。"关于这部作品，宋淇又说："她告诉我们，故事的结构采自 J. P. Marquand 的 *H. M. Pulham, Esq.*。"按，John Phillips Marquand 通译约翰·菲利普·马昆德，美国作家，生于一八九三年，卒于一九六〇年；*H. M. Pulham, Esquire* 通译《普尔哈姆先生》，一九四一年出版。

其他如《连环套》《散戏》《创世纪》《殷宝滟送花楼会》《多少恨》《小艾》等，都是研究者们陆续从旧期刊上发现的。正如张爱玲《张看·自序》所说，"这等于古墓里掘出的东西，一经出土，迟早会面世"；而"重新出现后，本来绝对不想收入集子，听见说盗印在即，不得已还是自己出书"。她自嘲为"抢救破烂"，表示"实在啼笑皆非"。对于其中多数篇章，作者自我评价很低，如说《连环套》"怎么写得那么糟"，《创世纪》"只记得比《连环套》更坏"，《殷宝滟送花楼会》"实在太坏"，《多少恨》"写得差"，《小艾》则"非常不喜欢"。在分别收入《张看》《惘然记》和《余韵》时，她按照自己的意愿，对于各篇做了修改。

五

二十世纪七十至八十年代，张爱玲发表新作《色，戒》《相见欢》和《浮花浪蕊》，均收入《惘然记》。作者说："这小说集里的三篇近作其实都是一九五〇年间写的，不过此后屡经彻底改写，《相见欢》与《色，戒》发表后又还添改多处。《浮花浪蕊》最后一次大改，才参用社会小说做法，题材比近代短篇小说散漫，是一个实验。这三个小故事都曾经使我震动，因而甘心一遍遍改写这么些年，甚至于想起来只想到最初获得材料的惊喜，与改写的历程，一点都不觉得其间三十年的时间过去了。爱就是不问值得不值得。这也就是‘此情可待成追忆，只是当时已惘然’了。因此结集时题名《惘然记》。”论家引述这段话时，常将“一九五〇年间”当成“一九五〇年”，将“三篇近作”“三个小故事”误作专指《色，戒》了。

《同学少年都不贱》与上述三篇实为同期之作，但在作者死后十年才得面世。一九七八年八月二十日张爱玲致信夏志清：“《同学少年都不贱》这部小说除了外界的阻力，我一寄出也就发现它本身毛病很大，已经搁开了。”与宋淇一九七六年在《私语张爱玲》中所说似为一回事：“她最近写完了一篇短篇小说，其中有些细节与当时上海的实际情形不尽相符，经我指出，她嫌重写太麻烦，暂搁一旁，先写《二详〈红楼梦〉》和一个新的中篇小说：《小团圆》。现在《二详》已发表，《小团圆》正在润饰中。”《同学少年都不贱》在一九七六年或已完成。

六

宋淇文中提到的《小团圆》，系张爱玲最后所著小

81

说。看她给夏志清的信，可知大致创作经过。如一九七四年六月九日："前些时写了两个短篇小说，都需要添改，搁下来让它多marinate些时，先写一个很长的中篇或是短的长篇。"一九七五年七月十九日："我这一向一直在忙着写个长篇小说《小团圆》，写了一半。"一九七六年三月十五日致夏志清信云："那篇小说就是《小团圆》，而且长达十八万字。"一九七六年七月四日："我在euphoria过去之后发现《小团圆》牵涉太广，许多地方有妨碍，需要加工，活用事实。"而据二〇〇七年十一月十日《大公报》报道，宋以朗介绍："一九七（按原文为"六"，疑为"七"字之误）七年，张爱玲寄《小团圆》初稿来，当时宋淇写了六页纸的覆信，认为这作品不能公开，其中一点理由就是读者看了，不会注意其文学价值，只会认为作者是在写自己的经历，并可能引起非议。"（《鱼雁往还满载四十年情谊》）一九七七年十一月十一日，张爱玲致信夏志清说："《小团圆》搁下了，先写短篇小说。"及至一九九二年三月十二日，她在前述那封类似遗嘱的信中交代宋淇夫妇："《小团圆》小说要销毁。"

一九九一年起皇冠出版社印行《张爱玲全集》，各册前勒口"张爱玲的作品"项下《小团圆》赫然在列，为第十五卷，显然作者又有意让它"起死回生"。她在给皇冠出版社编辑的信中亦谈到此事。如一九九三年七月三十日："《对照记》加《小团圆》书太厚，书价太高，《小团圆》恐怕年内也还没写完。还是先出《对照记》。"同年十月八日："欣闻《对照记》将在十一月后发表。……《小团圆》一定要尽早写完，不会再对读者食言。"十二月十日："《小团圆》明年初绝对没有，等写得有点眉目了会提早来信告知。不过您不能拿它当桩事，内容同《对照记》与《私语》而较深入，有些读者会视为炒冷饭。"可知预定《小团圆》与《对照记》合订一册，结果前者未及完成。一九九四年七月，《对照记》作为《张爱玲全集》第十五卷出版，而前勒口"张爱玲的作品"项下第十六卷为《爱默森选集》，《小团圆》已不见踪影。

据宋以朗介绍："张爱玲也曾在信件里叮嘱父亲要把没有出版的《小团圆》原稿销毁。这一件事，我与版权代理人、台湾皇冠出版社社长平鑫涛都有为难。张爱玲到底是个重要作家，保留遗作五十年甚或一百年，将来对研究她文学的人可能有益处，本着不逆作者原意，平先生把这个原稿放在自己私人保险箱里面，暂不交任何人。"(《张爱玲在我家住过几个月》)此即迄今所知《小团圆》之最后下落。

二〇〇八年十月三日

浮生只合小团圆

> 自从写东西，觉得无论说什么都有人懂，即使不懂，她也有一种信心，总会有人懂。
>
> ——张爱玲《小团圆》

《小团圆》与《色，戒》《相见欢》《浮花浪蕊》等是张爱玲同一时期的作品。她到五十岁以后，小说创作又出现一个高潮，《小团圆》为重头戏，堪称毕生杰作。此书与《同学少年都不贱》当年未能面世，实在可惜。兴许正因受到挫折，张爱玲自此不再写小说了；最后十几年里，只有国语译本《海上花》《对照记》和少量散文作品刊行。

张爱玲晚期作品的风格与早期很不一样。论家沉迷于她先前的《金锁记》《倾城之恋》等，对此往往难以接受。纵观张爱玲的创作历程，一直是在发展变化，论家未免刻舟求剑。比如对她五十年代那部《秧歌》，柯灵批评"文字也失去作者原有的美"(《遥寄张爱玲》)，然而作者明言要追求"平淡而近自然"(《忆胡适之》)。现在也有人说《小团圆》"通篇不易找到我曾称之为'兀自燃烧的句子'"，张爱玲虽不像年轻时那么锋芒毕露，沉稳之中照样机锋迭见，一语破的。

张爱玲这批作品，结构和手法更见创新。她说："《浮花浪蕊》最后一次大改，才参用社会小说做法，题材比近代短篇小说散漫，是一个实验。"(《惘然记》)《小团圆》比《浮花浪蕊》更具此种"实验性"。所谓"题材散漫"，主要体现为作品的情节在不止一条时间线上展开，而与通常的"回忆"又有不同，叙述者并不驻足于其中一条时间线。《小团圆》中，第一条时间线是盛九莉在香港遇上战争，回到上海，跟邵之雍恋爱、分手，又跟燕山恋爱、分手；另有一条时间线是在此之前，起自九莉小时候；还有一条时间线是在第一条之后，最晚写到九莉堕胎、母亲病逝。第一条时间线基本遵循前后顺序，其他两条则不受此约束。三条线上的不同片断交错拼接在一起，构成整部作品。片断之间，有时具有因果关系，有时只是有所呼应，或形成对比。不习惯或不接受这种写法，就会觉得杂乱无章。举个例子，宋淇说："荒木那一段可以删除，根本没有作用。"从情节上讲的确如此，而书中类似片断还有很多；但是写了荒木与中国恋人的关系，继而说："九莉相信这种古东方的境界他（按指之雍）也做得到。不过他对女人太博爱，又较富幻想，一来就把人理想化了，所以到处留情。"可知荒木乃是邵之雍的反面，写他正是在写邵之雍。

张爱玲早期的小说往往只有一条从前到后的时间线。《金锁记》和《倾城之恋》都是如此。这是典型的传统小说，是在讲故事。更早一些的《沉香屑：第一炉香》和《茉莉香片》，还从"请您寻出家传的霉绿斑斓的铜香炉，点上一炉沉香屑，听我说一支战前香港的故事""我给您沏的这一壶茉莉香片，也许是太苦了一点。我将要说给您听的一段香港传奇，恐怕也是一样的苦"开篇呢。以后张爱玲不这么写了。譬如《红玫瑰与白玫瑰》中艾许母女的插曲，对于表现佟振保的"作用"正与"荒木那一段"相

87

当。最后的《小团圆》尤其复杂，但是这种写法在现代小说里很常见。无论《小团圆》，还是《色，戒》《相见欢》《浮花浪蕊》《同学少年都不贱》，都不是在讲故事。

张爱玲在《烬余录》中已道着小说这两种写法，同时也是两种读法的区别："我没有写历史的志愿，也没有资格评论史家应持何种态度，可是私下里总希望他们多说点不相干的话。现实这样东西是没有系统的，像七八个话匣子同时开唱，各唱各的，打成一片混沌。在那不可解的喧嚣中偶然也有清澄的，使人心酸眼亮的一刹那，听得出音乐的调子，但立刻又被重重黑暗上拥来，淹没了那点了解。画家、文人、作曲家将零星的、凑巧发现的和谐联系起来，造成艺术上的完整性。历史如果过于注重艺术上的完整性，便成为小说了。"我们如果只盯着"相干的话"，而置"将零星的、凑巧发现的和谐联系起来，造成艺术上的完整性"于不顾，那就不是在读小说了。

《小团圆》当年未能出版，是因为宋淇担心"这是一本 thinly veiled〔几乎不加掩饰〕，甚至 patent〔明显〕的自传体小说，不要说我们，只要对你的作品较熟悉或生平略有所闻的人都会看出来，而且中外读者都是一律非常nosy〔好事〕的人，喜欢将小说与真实混为一谈，尤其中国读者绝不理什么是fiction〔虚构作品〕，什么是自传那一套"，说来的确不无道理。时至今日，多数读者可能仍然主要关心《小团圆》暴露了多少"内幕"。当然比起七十年代，情况毕竟好些，因为书里的原型几乎都不在了。大家只是热心观众，不是当事人。等这种热衷也消退了，读者就能把《小团圆》当成纯粹的文学作品看，它才会真正显现出艺术上的价值。当初《红楼梦》问世，出了不少"索隐派"，猜这个写的是谁，那个写的是谁，目下只有少数闲极无聊的红学家还在唠叨这码事儿了。《小团圆》也将经历这样的过程。

中外多有类似《小团圆》的自传体小说，譬如废名的《莫须有先生坐飞机以后》，蒲宁的《阿尔谢尼耶夫的一生》，等等。对此有个读法问题。张爱玲曾说，《小团圆》"内容同《对照记》与《私语》而较深入，有些读者会视为炒冷饭"。书中人物大多容易猜出原型，这一点很像曾朴的《孽海花》。《小团圆》中《孽海花》被称作《清夜录》，作者写道："乃德绕着圈子踱着，向烟铺上的翠华解释'我们老太爷'不可能在签押房惊艳，撞见东翁的女儿，仿佛这证明书中的故事全是假的。"同样可举出《小团圆》中与原型对不上号的地方，譬如"之雍夏天到华中去，第二年十月那次回来"，实际上胡兰成一九四四年十一月去武汉，"第二年"已是抗战胜利；又如九莉的一篇小说被改编为电影《露水姻缘》，实际上张爱玲先编电影剧本《不了情》，后据此写成小说《多少恨》。总而言之，对得上人未必对得上事，对得上事未必对得上细节。不过藉此倒可了解作者对于人物原型的态度，例如读了书中有关荀桦的描写，回过头去看那篇《遥寄张爱玲》，会觉得很有意思。

然而问题的关键不在这里。无论如何，《小团圆》是小说，不是传记或历史。即便书中写了很多真人真事，小说家与传记作者也有着不同的把握，而在《小团圆》中，这种小说家的把握来得特别充分，特别深切，又特别微妙。这是一部心理小说，一部情感小说；虽然是第三人称写法，视角却集中于九莉一人，也就是说，只有九莉对于一己际遇的心理反应和情感反应；而这在作者笔下，与其说是再现，不如说重新体验，或者干脆说是创造。

尽管如张爱玲所言，《小团圆》的"内容有一半以上"

与之雍"都不相干"，但读者对此或许特别留意，甚至当成"张版《今生今世》"，与之无关的笔墨遂被视作多余。之雍直到第四章才出场，小说已经写到一半了，后面还有不少篇幅没涉及他。拿电影来打比方，九莉是女主角，之雍只能算男配角，就连九林也比他的戏份多。这部小说没有男主角，倒是另外有个人物几乎可与九莉并列为女主角，就是她的母亲蕊秋。除九莉与之雍的关系外，书中还写了她与姑姑的关系，与弟弟的关系，与自己整个家族的关系，又有与比比的关系，与燕山的关系，这些都比不上九莉与母亲的关系重要。那才是小说真正贯穿始终的主线。

从前我在一篇文章里说，早期的张爱玲仿佛《倾城之恋》里的白流苏，晚期则有点儿像《金锁记》里的曹七巧了。而张爱玲说："我的小说里，除了《金锁记》里的曹七巧，全是些不彻底的人物。"（《自己的文章》）就像曹七巧对待姜季泽、姜长白、姜长安以及她自己那样，作者要把她过去那段岁月无所顾忌地来个总清算。这里除了爱情，还有亲情、友情。而归根结底要清算的是她和母亲的关系。

《小团圆》煞尾于九莉多年后的一场梦："……青山上

红棕色的小木屋，映着碧蓝的天，阳光下满地树影摇晃着，有好几个小孩在松林中出没，都是她的。之雍出现了，微笑着把她往木屋里拉。非常可笑，她忽然羞涩起来，两人的手臂拉成一条直线，就在这时候醒了。二十年前的影片，十年前的人。她醒来快乐了很久很久。"这梦有一个背景："她从来不想要孩子，也许一部份原因也是觉得她如果有小孩，一定会对她坏，替她母亲报仇。"是乃抚今追昔，惟有与母亲的关系是切实的，其余皆如过眼烟云，或南柯一梦。"小团圆"当然是对传统"大团圆"的颠覆，若挑一句话解题，还得举出"她从来不想要孩子"云云，也就是说，一切到此为止。

二〇〇九年三月十七日

"听"与"谈"之外

我读吴学昭著《听杨绛谈往事》，觉得最有价值的是其中"听杨绛谈往事"的部分，即真正属于杨绛序所说"我乐于和一个知心好友一起重温往事，体味旧情，所以有问必答"，或作者后记所说"两年里，我挖空心思，刨根究底地问，杨先生认认真真、仔仔细细地答，有时口头，有时笔答，不厌其烦"者。诸如对"您和钱锺书先生从认识到相爱，时间那么短，可算是一见倾心或一见钟情吧"的回答，对"我请杨先生讲讲她和钱先生结婚的故事"的回答，以及关于阅读英法文学作品的感想，关于《干校六记》的创作经过，等等，都还是第一次读到。这些问答散见于各章节，多则三四页，短则两三行，并不占全书很大篇幅。

除此之外，其他内容似乎就与《听杨绛谈往事》的书名不大对得上号。譬如对杨绛著译的概述和评论，显然不会出自杨绛自己之口。而更多写作"阿季"或"杨先生"如何如何的有关"往事"的叙述，也与"听杨绛谈"不相符合。也许叫《杨绛传》更其恰切。尽管杨绛说"这本用'听杨绛谈往事'命题的传记，是征得我同意而写的"，还给题写了书名。当然书名未必非得确当，这方面亦有先例，如《列宁回忆录》即系克鲁普斯卡娅而非列宁所著，《鲁迅回忆录》则系许广平而非鲁迅所著。

问题在于"听杨绛谈往事"之外的往事，杨绛多半已经谈过了。杨绛的散文多为回忆之作，除成本的《干校六记》《我们仨》外，《将饮茶》中有《回忆我的父亲》《回忆我的姑母》《记钱锺书与〈围城〉》和《丙午丁未年纪事》，《杂写与杂忆》中有"忆旧"二十篇，《杨绛文集》第二卷和第三卷中又有《怀念石华父》《怀念陈衡哲》《我在启明上学》等八篇，第八卷中有《杨绛生平与创作大事记》，《文集》未收的还有《"掺沙子"到逃亡》。倘若将这些篇章按照内容所涉时间排列，作者几乎"谈"了自己一生的"往事"。也就是说，在《听杨绛谈往事》面世之前，已经有这么一本"书"了，个别空缺之处，《听杨绛谈往事》里的问答有所弥补。而这本书的好处，就在于拾遗补阙。

这大概是写《听杨绛谈往事》的困难之处——假如作者不曾"萌发了以听杨绛先生谈往事的方式为她写一部传记的想法"倒要好些，完全可以避开杨绛讲过的内容。不过换个角度，这又是容易之处。类似这种传主自己或相关人士所著回忆录构成以后传记写作主要甚至唯一材料来源的情况，其实常见。譬如写周作人传，有《知堂回想录》在那儿；写张爱玲传，有她自己的《私语》《烬余录》等和胡兰成的《今生今世》在那儿。在我看来，写传记时对此最好是以直接引语的形式引用，如有可能则另取其他材料，予以补充订正。玛格丽特·莱恩著 The Bronte Story: a Reconsideration of Mrs Gaskell's Life of Charlotte Bronte（中译本题为《勃朗特三姐妹》）"不能不大量引用"盖斯凯尔夫人所著《夏洛蒂·勃朗特传》，作者说："无论如何，在叙述中不断使用引号会使读者厌烦，所以，我采用了这样的办法，就是在引用盖斯凯尔夫人的原文时留下较宽的边白，同时采用了较易识别的标记。"亦可效仿。而现在我们这里最常见的则是改用间接引语，甚至根本不注明出处，直接把人家原来所写改成自己的文字。这本《听杨绛谈往事》涉及相关内容时也是如此，尽管得到了传主的同意。

　　这种"改写"虽然容易，效果却未必好，尤其所改的是杨绛这样不世出的散文大家的文字。在《〈杂忆与杂写〉自序》中，杨绛说自己写的是"怀人忆旧之作"："怀念的人，从极亲到极疏；追忆的事，从感我至深到漠不关心。"换个说法，也就是"即"与"离"罢，她对此把握得极有分寸，叙述、描写之际，十分自如地调整回忆者与回忆对象之间的距离。这一距离由流逝的时间和一己的阅历所造成。她并不放弃自己现在的立场，无意完全回到过去，贯穿她笔下的是一种静观的态度。这里杨绛坚持采用第一人称叙述方式，也便于她对情绪和距离的把握与调整：见是我见，感是我感，自是可详可略，可即可离。杨绛那准确、朴素和精炼的语言，又使她得心应手。这一切是相辅相成的，缺了任何一样——譬如她的态度、她的把握或她的文字功力——都不行。

说老实话，这些恐怕都是《听杨绛谈往事》的作者所欠缺的。换用第三人称叙述方式，更凸显了其弱点。这一叙述方式便于"离"而不便于"即"，欲"即"则反"离"，不具间离效果，却显得生分、造作。不妨举例说明。其一，杨绛《回忆我的父亲》有云：

"可是我离家一学期，就想家得厉害，每个寒假暑假都回家。第一个暑假回去，高兴热闹之后，清静下来，父亲和我对坐的时候说：'阿季，爸爸新近闹个笑话。'我一听口气，不像笑话。原来父亲一次出庭忽然说不出话了。全院静静地等着等着，他只是开不出口，只好延期开庭。这不是小小的中风吗？我只觉口角抽搐，像小娃娃将哭未哭的模样，忙用两手捂住脸，也说不出话，只怕一出声会掉下泪来。我只自幸放弃了美国的奖学金，没有出国。"

此事在《听杨绛谈往事》"清华借读生到研究生"一章中写作：

"一九三四年暑假，阿季照例回家，高兴热闹之后，清静下来，爸爸和阿季对坐闲话。爸爸说：'阿季，爸爸最近闹了一个笑话。'阿季听爸爸说话口气，不像笑话。

原来爸爸一次出庭，突然说不出话来。全院静静地等呀等，爸爸只是不开口，法院只好延期开庭。这不是中风吗？阿季心里一沉：爸爸久患高血压，居高不下，脑梗或脑出血都可能导致失语！阿季伤心极了，泪承于睫，忙用双手捂住脸，生怕掉下泪来。"

其二，杨绛《丙午丁未年纪事》有云：

"派给我的劳动任务很轻，只需收拾小小两间女厕，……我看过那两间污秽的厕所，也料想我这份工作是相当长期的，决不是三天两天或十天八天的事。我就置备了几件有用的工具，如小铲子、小刀子，又用竹筷和布条做了一个小拖把，还带些去污粉、肥皂、毛巾之类和大小两个盆儿，放在厕所里。不出十天，我把两个斑驳陆离的磁坑、一个垢污重重的洗手磁盆和厕所的门窗板壁都擦洗得焕然一新。磁坑和磁盆原是上好的白磁制成，铲刮掉多年积垢，虽有破缺，仍然雪白锃亮。三年后，潘家洵太太告诉我：'人家说你收拾的厕所真干净，连水箱上的拉链都没一点灰尘。'这当然是过奖了。不过我的确还勤快，不是为了荣誉或'热爱劳动'，我只是怕脏怕臭，而且也没别的事可做。"

《听杨绛谈往事》"体味人性"一章写作：

"杨绛是一九六六年八月七日被'揪出来'的，对她的劳动惩罚是收拾办公楼的两间女厕所。杨绛不以为忤，自己置办了小刀、小铲子等工具，还用毛竹筷和布条扎了个小拖把，带上肥皂、去污粉、毛巾和大小脸盆放到厕所，就埋头认真打扫、细细擦洗。不出十天，原先污秽不堪的厕所被她收拾得焕然一新。斑驳陆离的瓷坑及垢污重重的洗手盆，铲刮掉多年积垢，擦洗得雪白锃亮。门窗板壁擦得干干净净，连水箱的拉链都没有一点灰尘。定期开窗，流通空气，没有一点异味儿。进来如厕的女同志见了都不免大吃一惊，对杨绛顿生敬重之心。"

两相比较，内容区别不大，文字更动无多，效果却相去甚远，真乃"点金成铁"。前一例中，杨绛写到自己当下心理和动作的反应，层层递进，处处到位；《听杨绛谈往事》所增添的"阿季心里一沉：爸爸久患高血压，居高不下，脑梗或脑出血都可能导致失语"和"阿季伤心极了"，不仅无甚意义，反有破坏语境之嫌。后一例中，杨绛本有反讽和自嘲之意；《听杨绛谈往事》则表面化、简单化了，增添的"进来如厕的女同志见了都不免大吃一惊，对杨绛顿生敬重之心"，未免拙劣。前者失于太"离"，后者失于不"离"。类似之处，不胜枚举。

二〇〇八年十月二十六日

也谈《废名讲诗》的选编

前些时读新出版的《废名讲诗》，有些想法；顷阅眉睫《谈〈废名讲诗〉的选编》一文，无意中得着一个题目。《废名讲诗》系陈建军、冯思纯编订。冯君为废名哲嗣，近来致力于整理出版令尊的作品。陈君多年从事废名研究，有《废名年谱》行世。眉睫则是热心介绍废名的年轻学人。三位与我或曾谋面，或尝通信，可以说都是"废名一派"。

《废名讲诗》汇编现存废名这方面的著述，都四十余万言。其实，此外一些题目可能更有意思。一九二九年至三七年和一九四六年至四九年间，废名在北京大学任教，讲过陶渊明、庾信、杜甫、李商隐、温庭筠、《论语》、《孟子》及英国文学作品等。废名曾为黄裳写过有关李商隐《月》的一段话，据说录自"玉溪诗论"，也许就是他当年所编讲义，可惜一概未能保存下来。

　　眉睫文中提了几条意见，有的不无道理；但他先说"依笔者之拙见，《废名讲诗》也存在几个小小的问题"，后说"尽管有如上所说的不足"，"问题"既出于一己"拙见"，不宜断言人之"不足"。这让我想起近来有关批评的种种纷争，大多涉及批评的标准或前提问题。《庄子·徐无鬼》提到"各是其所是"，又提到"公是"。在批评者与被批评者之间、批评者与其他读者之间，须得建立一种基本共识，也就是说，大家在同一前提下说话，此即"公是"。被批评者或许自具标准，但他要能自圆其说，此即"各是其所是"。无论如何，不能以批评者的"其所是"替代"公是"。"公是"的对立面，是胡适所谓"丐辞"："在论理学上，往往有人把尚待证明的结论预先包含在前提之中，只要你承认了那前提，你自然不能不承认那结论了：这种论证叫做丐辞。……丐辞只是丐求你先承认那前提；你若接受那丐求的前提，就不能不接受他的结论了。"（《评论近人考据〈老子〉年代的方法》）仅

102

凭一己之见做出判断，同样属于"丐辞"。——此乃题外话，不过未必多余。

说来我对《废名讲诗》也有点意见，但只能讲，假如我来编这书，是如何编法。《废名讲诗》分为"废名讲新诗"和"废名讲旧诗"两部分，我大概不会这么分类，因为其间颇有夹缠，很难区别。譬如归在"废名讲新诗"里的《谈新诗》，其"新诗应该是自由诗"和"以往的诗文学与新诗"两节都讲到旧诗，后一节更以温庭筠的两首《菩萨蛮》和李商隐的《锦瑟》《月》《城外》《题僧壁》《过楚宫》《板桥晓别》等为例，详加分析。可以视为《谈新诗》纲要的《新诗问答》一文中，有关旧诗的议论也占很大篇幅。另一方面，归在"废名讲旧诗"里的《中国文章》却引用作者自己的新诗《梦》，《谈用典故》引用莎士比亚的台词，而《谈用典故》这篇文章压根儿不是谈旧诗的。更重要的是，废名诗论的核心就根植于新旧诗之间的对比，如其所云："已往的诗文学，无论旧诗也好，词也好，乃是散文的内容，而其所用的文字是诗的文字。我们只要有了这个诗的内容，我们就可以大胆的写我们的新诗，不受一切的束缚，'不拘格律，不拘平仄，不拘长短；

103

有什么题目，做什么诗；诗应该怎样做，就怎么做。'我们写的是诗，我们用的文字是散文的文字，就是所谓自由诗。"（《谈新诗·新诗应该是自由诗》）他并无意离开这种对比关系，分开来去"讲新诗"或"讲旧诗"。

假如《废名讲诗》非要分类的话，我大概会以一九四九年为界，编作前后两部。废名此前所作相当纯粹；此后则未免驳杂，只看那些题目就能知晓，如讲《诗经》标举"古代的人民文艺"，讲杜诗强调"难得的杜甫的歌颂人民""难得的自我暴露""生活是诗的源泉"，等等，总体思想要皆如此，虽然涉及某一首诗的具体感受，仍不乏精彩之处。现在按"讲新诗""讲旧诗"分类，每一类中将前后文章混编一起，读者或许会感到自相矛盾。假如按照年代分开，当能明白不同时候作者有其不同的"自"，或者说后来他几乎没有"自"，变成另外一个人了。

对于废名一九四九年后的转变，我觉得能够理解，但理解并不等于是认。此种现象当年普遍存在，以废名的《谈新诗》去比后来的《古代的人民文艺——〈诗经〉讲稿》《杜诗讲稿》等，有如以刘大杰最初的《中国文学发展史》与后来几次修订本相比，或冯友兰的《中国哲学史》《中国哲学简史》与其《中国哲学史新编》相比，朱光潜的《文艺心理学》《谈美》《诗论》与其《西方美学史》相比。其间得失，不待辞费；而废名变化之大，似乎较之各位尤著。就中原因，自不能完全归咎于个人，然而中国不止一代知识分子曾经自觉"改造思想"，以至普遍丧失思考和判断能力，却是我们迟早需要加以认真反思的。

二〇〇八年三月九日

附记

此文发表后，有读者议及"令尊"用法。"令"本意为美好，用作敬辞，原可涵盖我、你、他各方，但在使用过程中，范围似有渐次缩小之势。《辞源》释云"对别人亲属的敬称"，已经将"我"排除在外；《现代汉语词典》释云"用于对方的亲属或有关系的人"，则连"他"也排除了。然而连带生出误解，以为"令"便是"你"。鲁迅一九三〇年二月二十二日致章廷谦信云："疑古玄同，据我看来，和他的令兄一样性质，好空谈而不做实事，是一个极能取巧的人……"又陈源《致志摩》(载一九二六年一月三十日《晨报副刊》)云:"前面几封信里说起了几次周岂明先生的令兄:鲁迅,即教育部金事周树人先生的名字。这里似乎不能不提一提。其实,我把他们一口气说了,真有些冤屈了我们的岂明先生。他与他的令兄比较起来,真是小巫遇见了大巫。"由此例可知,"令"并非"你",在现代汉语中亦不限于用在"对方"也。

二〇〇八年三月二十二日

再关于废名

　　废名是给我很大影响的作家。这些年我编他的书，写谈他的文章，都为的感谢他，报答他。现在眉睫将所作集为《关于废名》，我也觉得是件好事。我与眉睫还有一点关于废名的文字缘：《废名讲诗》一书出版，他写了《谈〈废名讲诗〉的选编》，我写了《也谈〈废名讲诗〉的编选》，他又写了《废名是怎么变回冯文炳的？》，所说"现代知识分子在解放后的'思想改造'是有多种类型的，有的是原本即接受马列主义的，有些是经过一番改造的，对于废名而言，则可谓接近自觉接受"，与我那文章讲的"就中原因，自不能完全归咎于个人，然而中国不止一代知识分子曾经自觉'改造思想'，以至普遍丧失思考和判断能力，却是我们迟早需要加以认真反思的"，其实是一回事，只是彼以为然，我却不以为然罢了。这里想强调一点：此种改造究竟自觉与否、真诚与否，其间并无根本区别，无关乎对于改造的性质判断。看看奥威尔著《一九八四》和阿瑟·库斯勒著《中午的黑暗》，就明白了。

且来引用两段别人的话。格雷厄姆·格林在《人性的因素》中说："'我们'，萨拉在想，'我们'。他像是代表一个组织在说话，……'我们'，还有'他们'都是听上去令人不舒服的词。这些词是一个警告，得提防点。"废名自己从前在《〈周作人散文钞〉序》中说："鲁迅先生的小说差不多都是目及辛亥革命因而对于民族深有所感，干脆的说他是不相信群众的，结果却好像与群众为一伙，我有一位朋友曾经说道，'鲁迅他本来是一个cynic，结果何以归入多数党呢？'这句戏言，却很耐人寻味。这个原因我以为就是感情最能障蔽真理，而诚实又唯有知识。"所谓改造，归根结底就是把"我"变成"我们"。在这个问题上，我相信上面两位所说，是以爱惜早年写《桥》和《莫须有先生传》的废名，而惋惜后来写《古代的人民文艺——〈诗经〉讲稿》和《跟青年谈鲁迅》的废名。

眉睫的《废名是怎么变回冯文炳的？》是为张吉兵著《抗战时期废名论》所作书评。该书我未读过，无从置喙，但若一口咬定废名思想转变发生于抗战期间，我还不能信服。我的证据是废名自己抗战后期至一九四九年间的著作，包括《阿赖耶识论》《莫须有先生坐飞机以后》和在报刊上发表的若干文章。在我看来，其中所体现的基本思想立场仍与先前一以贯之。废名及其同时代人后来接受改造无疑是有其自觉性的，否则改造也就不会那么顺利彻底，但无论此种自觉性萌发于何时，都不能与改造混为一谈。有些材料，眉睫尚未用到。如所作《废名与周作人》云："一九四六年九月，废名与当年考取北京大学西方语言文学系的大侄冯健男一同离开黄梅。到南京的时候，为了表达对恩师的感情，在时任国民政府外交次长的朋友叶公超的帮助下，废名与周作人在老虎桥监狱中见了一面。废名并未表达此次会面的感想，他对恩师的行为和下场只能表示理解。"说来废名有关"感想"，一九四八年四月《文学杂志》第二卷第十一期载《莫须有先生坐飞机以后·一天的事情》中即有"表达"："那么将来抗战胜利了，知堂先生将以国民的资格听国家法律的裁判而入狱，莫须有先生亦将赠老人这一句话：'君子居之，何陋之有？'"
一九四八年六月二十八日《民国日报·文艺》载《我怎样
读〈论语〉》复云："这个人现在在狱中，他是如何的'忍
辱'（这是他生平所喜欢的菩萨六度之一），他向着国家
的法律说话是如何的有礼。"而废名对此的看法，又岂止
"理解"而已。讲这些话时，周案已经南京高等法院和最
高法院作出判决；公开为之辩护者，举国惟废名一人。废
名这两篇作品，对于断言抗战期间其思想业已转变者，不
说适为反证，至少构成障碍。依我之见，这一转变在废
名也发生在一九四九年后。眉睫书稿将付梓，遵嘱聊书数
语，权当卷末一则附言好了。

二〇〇八年十一月一日

关于《废名集》

　　皇皇六卷《废名集》到手，我首先想到作者哲嗣冯思纯先生。不见冯先生好久了，这些年他来信，来电话，每每慨叹此书迟迟未能问世，现在终于如愿以偿。我与冯先生相识，也是因为整理出版废名著作。《阿赖耶识论》系根据他借给我的原稿付印；《废名文集》中不少篇章，也是他从图书馆复印了原刊文给我的，现在我还留着。就中《孟子的性善和程子的格物》《佛教有宗说因果》《〈佛教有宗说因果〉书后》和《体与用》四篇得自张中行处，张氏亲笔标注了期数、年月。冯先生提供的材料中，《关于"夜半钟声到客船"》值得一说。此文原载一九四七年一月五日《平明日报》"星期艺文"副刊，冯先生是根据国家图书馆的缩微胶片复印的，上有两块空白，缺了十几个字。我心有未甘，去另外几家图书馆查找，却一概未有收藏。有一日我仔细看那复印件，空白处似乎隐约有些痕迹。于是一遍又一遍加深复印，竟渐有字迹显出，但仍不能辨认。遂托大哥去找图书馆的领导，着员到库里查看报纸原件，敢情该处贴了两块透明胶纸，拍摄时反光成了空白。那人在电话里念给我听，我把缺字补上。

我自己查找的，只有散见于《浅草》《语丝》《京报副刊》和《骆驼草》等报刊的文章。尝作《废名佚文考》一文，考证《骆驼草》上署名"惠敏""非命""法""丁武""补白子"诸作，皆出自废名之手。记得有人特地打来电话，说我用的是"内证法"，更其可靠云。后来在《新文学史料》上看到姜德明先生的《废名佚文小辑》，所录《〈冬眠曲及其他〉序》《致朱英诞书简》《小孩子对于抽象的观念》，为我前所未见。《致朱英诞书简》既经揭载，虽然未必曾获作者同意，但与身后搜集、迄未面世者究有区别，似乎也可划归散文作品之列。我自己看《语丝》时倒是漏了一篇废名为志儒《寂寞扎记》所写附记，只好补进拙作《废名佚文续考》，并写信告诉了《废名年谱》的作者，文章和信都收入我的集子。

我讲这些，是想说作为废名的热心读者，如何珍爱他的文字，希望能够看到更多；现在《废名集》面世了，又是如何可喜可贺。这套书分上下两编，分别收作者一九四八年以前和一九四九年以后所作。废名前期所写小说、散文、诗歌、论著，真个夐夐独造，精彩纷呈。他说："我写小说同唐人写绝句一样，绝句二十个字，或二十八个字，成功一首诗，我的一篇小说，篇幅当然长得多，实在是用写绝句的方法写的，不肯浪费语言。"（《〈废名小说选〉序》）从前谷林先生来信说："废名的作品，向称晦涩，大约是意象繁富而文字简要，所以两个句子之间，有时有点跳跃，省略掉连词，是一种诗的格式，阅读时需要注意到其分段和标点，不能匆遽仓促。"（一九九六年二月二十四日）正是对废名这一说法的讲解。我曾说废名的小说有两路，其一以情趣胜，如《河上柳》《菱荡》等，特别是《桥》；其一以理趣胜，《枣》中几篇已见端倪，至《莫须有先生传》而集大成。其实，无论情趣理趣，都呈现于"不肯浪费语言"这点上。或者说，废名因语言的特点而达成境界，境界又有情理之分。情趣至

113

于极致就是诗，到了《桥》已臻化境，其意味以气氛形容尚嫌滞重，该说是空气才合适。相比之下理趣较难领会。多年前我看一篇文章，有云："废名颇长抒情之笔，殊乏讽刺之才，《莫须有先生传》琐碎而晦涩，实为失败之作。"现在想来，仍不免笑发此言者尚未窥其门。《莫须有先生传》写废名自己的参悟过程，原本不能当作寻常小说来读。正如知堂所说："此书乃是贤者语录，或如世俗所称言行录耳，却比禅和子的容易了解，则因系同一派路，虽落水有深浅，到底非完全异路也。"(《与废名君书十七通》)理趣至于极致就是公案，须"得意而忘言"。关于废名后期作品，我曾不止一次谈过看法，这里补充一点：如果研究几十年前那场中国知识分子思想改造运动，包括它的过程及后果，这是极有用处、不能忽略的材料。

较之近年出版的废名著作，《废名集》上编散文和小说两部分都有增添，其中尤为重要的是向未发表的《莫须有先生坐飞机以后》第十八、十九两章。《莫须有先生坐飞机以后》一九四七年至一九四八年在朱光潜编《文学杂志》连载，登到第十七章，这杂志就停刊了。该章题为《莫须有先生动手著论》，所"著"之"论"即是那部《阿赖耶识论》，而篇末有云："以上都是讲道理，其实不应该讲道理，应该讲修行。莫须有先生尚是食肉兽，有何修行之可言，只是他从二十四年以来习静坐，从此他一天一天地懂得道理了。"我曾觉得到此打住亦无不可。现在看到第十八章《到后山铺去》起首云："莫须有先生半年居山造论的计划终于打破了……"才知道事情没有我所猜想的那么简单。不过遗憾的是，这到底还是一部未竟之作。自此以后废名就根本转变了。

前些时我在一篇文章中提到，现在通行的带注释的《鲁迅全集》只是一种帮助读者理解的普及本，应该另有一部根据手稿、原刊文、结集的所有不同版本汇校，并写出详细校记的《鲁迅全集》。假若要做这个工作，《废名集》可酌予参考。该书凡例第五则云："废名各成书作品，较之报刊原载均有不同程度修改，各版次也略有差异处，保存于作者后人处的自留本亦有校勘手迹，今一律通校。底本一般择用初版或再版本，校以刊本、自留本、手稿及其他版次等，异文全部出校。"校订鲁迅著作可大致类此，唯选择初版本为底本一项稍可议。一般来说，应以作者定稿即其生前最后修订的一版为底本，假如有亲手校勘过的本子就更应采用了。譬如鲁迅的《中国小说史略》，即宜取一九三五年北新书局第十版，而不用一九二三年、一九二四年北京大学新潮社初版本，更不用作者最初在北京大学授课时的讲义为底本。又如张爱玲的《小艾》，也应取一九八七年皇冠出版社《余韵》所收，而不用一九五一年至一九五二年《亦报》连载者为底本。总而言之，作者有权修订自己的作品，虽然未必改得更好，竟或适得其反；倘若出校记，所记录的是"曾经如何"，其间高下则是另一回事。

不过前引《废名集》凡例规定，该书并未贯彻始终。第一卷中，"《桥》初版前历经大改，大体前半部改动较后半部为大，今将上篇各章及下篇首两章初刊随处附出，以供比较，下篇第三章以次则对校原刊"。类似情况，亦见同卷《枣》中《四火》一篇，也是因为初刊"与各本相关部分文字出入较大"。说来无论改动多少，都该同样处理，要么一律将"初刊随处附出"，要么统一把"异文全部出校"，对应凡例，当然以后一法为上，虽然这样做有时可能非常麻烦。

《废名集》装帧典雅，印制精良，而白璧微瑕，或在分卷。如前所云，此书分上下编，两编交界，却在第四卷一半之处。上编中，小说分上、中、下三辑，中辑即《桥》及《桥》(下卷)，却分置于第一卷和第二卷。此或为求每卷篇幅约略相当所致，但最薄的第三卷，又不及最厚的第六卷五分之三。在我看来，分卷还当以保证编及辑的完整为佳，哪怕多分几卷也好。

二〇〇九年三月六日

安东尼奥尼与我

皮皮:

　　谈论安东尼奥尼，涉及我自己的一个问题，即为什么要看电影，或者进一步讲，为什么要阅读，假如将看电影也包括在广义的阅读之内。这可以从两个层面来回答：其一，我需要有人对我说些什么；其二，我需要有人替我说些什么。二者都不妨形容为"契合"，然而程度有所不同。虽然这并不意味着他们在重要性上存在差别。前者也许讲出了有关这个世界的更多真谛，然而如果我开口，所说的将是后者讲的那些。以俄罗斯作家为例，普希金、果戈理、冈察洛夫、莱蒙托夫、屠格涅夫、陀思妥耶夫斯基、萨尔蒂科夫－谢德林、托尔斯泰、列斯科夫、迦尔洵、

118

契诃夫、索洛古勃、梅列日科夫斯基、库普林、蒲宁、安德列耶夫、阿尔志跋绥夫和别雷所说我都想听，其中果戈理和陀思妥耶夫斯基的话尤其想听，但要说当中有谁代表了我，大概只有契诃夫了。如果在世界范围里举出一位的话，那就是卡夫卡，虽然我另外喜欢的作家还有很多。藉此正可回答我为什么不事创作的问题。道理很简单，因为有人已经替我写了。——我这样讲，似乎忽略了才能、机缘之类与创作相关的重要因素。那么换个说法：卡夫卡或契诃夫是我希望成为的作家，他们是我梦想中的自己。因为世界上有了他们，我不曾虚度此生。

对我来说，安东尼奥尼也是这样的人。世界上所有电影导演中，没有一位比他更让我感觉契合的了。记得多年前咱们初次见面，聊起安东尼奥尼来竟置在座他人于不顾。关于这个话题，现在你写了一本书。而我只想强调对自己来说最重要的一点：安东尼奥尼的电影最充分、最微妙、最深刻地揭示了现代人的内心世界，在我看来，比这个世界上的一切都更接近于本质。用导演自己的话说，就是"对人的感情进行了结论性的研究"。而这主要是通过《奇遇》《夜》《蚀》《红色沙漠》和《放大》五部电影实现的。

119

这一系列作品，凝聚了伟大导演的毕生心血和全部思想，堪称世界电影史上的奇迹。安东尼奥尼此前和此后的作品，似乎未能达到这一高度，尽管《爱情记录》《没有茶花的茶花女》《女朋友》《喊叫》《中国》《职业：记者》和《一个女人的身份证明》我也喜欢。至于那部得到文德斯的帮助而拍成的《云上的日子》，在我看来只是小品。他最后与索德伯格、王家卫合作的《爱神》，老实说不必拍。

安东尼奥尼是我梦想成为的人。这个想法，似乎让我与他建立了某种特殊关系，以至谈论他多少像谈论我自己。当讲到他的成就，他的重要性与不可替代性时，未免欲言又止。好在你已经说了不少了。我知道有不少人并不喜欢安东尼奥尼。譬如在一本介绍非英语片的手册中，安东尼奥尼只有《奇遇》和《云上的日子》得了四颗半星，作者同时却毫不吝啬地到处颁发五颗星。——据他讲，安东尼奥尼的"作品简化甚至舍弃叙事和戏剧冲突，展现复杂而神秘的氛围，将沉思和意象置于故事和人物之上，用浮动又没有出路的思绪、只有谜面没有谜底的谜语，给人不安定的感觉"。这大概只能形容为"不得其门而入"罢。不过我不想与人讨论、争辩诸如安东尼奥尼这种对我来说多少带有私密性的问题。记得我在一次聚餐时偶尔提到卡夫卡，竟引起某位小说作者的不快。事后我想起孔子的话："可与言而不与之言，失人；不可与言而与之言，失言。"最好还是三缄其口。

安东尼奥尼当然也有缺点。我并没有说他是世界上最伟大的导演，这个称号也许应该给伯格曼。同样，陀思妥耶夫斯基或托尔斯泰肯定也比契诃夫更伟大。在我看来，安东尼奥尼足够深刻，但不够广大；精致有余，而灵动不足。我们常常将安东尼奥尼与费里尼作比较。费里尼显然局面更大，才华更充沛。他的电影充满"喧哗与骚动"，安东尼奥尼则是一切都设计好了，布置好了。费里尼更多抒发，而安东尼奥尼则是刻画。也正是出于刻画的需要，安东尼奥尼的女演员从来都不过是道具而已。你提到的莫尼卡·维蒂的"漂亮"和"空洞"，正是安东尼奥尼所需要的，这两个词几乎可以概括他的所有女演员。安东尼奥尼最能发现女人的美，但他仅仅需要美，而不需要表演，在这一点上很像小津安二郎。而对费里尼来说，那位绝不漂亮但却有如精灵的朱丽叶塔·马西纳，却一直是他创作灵感的重要源泉。你说得对：安东尼奥尼"的艺术成就更

121

多来自他内心的严肃和真诚，而非他的艺术想象力。与费里尼相比，后者更有艺术想象力和创造力。如果说费里尼是电影界的毕加索，安东尼奥尼则是塞尚，他依靠的是信仰般的坚持和忠贞"。费里尼的电影是广场上的狂欢，安东尼奥尼的电影则是书斋里的一种思考。他是一位不折不扣的"知识分子导演"。尽管在政治上属于左翼，他拍的却只能说是"资产阶级电影"：他的视野局限于此，很少像费里尼那样及于社会底层或与资产阶级格格不入的人们。偶有例外的是《中国》和《扎布里斯基角》，而又以后者为甚。但恰恰是在这部片子里，安东尼奥尼失去了自己一贯的沉静。我想，安东尼奥尼拍不出费里尼的《与精灵有关的朱丽叶塔》和《费里尼·萨蒂里康》，虽然他也未必愿意去拍。相比之下，费里尼却拍出了《八部半》和《甜蜜的生活》，显示出他在保持自己特色的同时，或多或少可以将伯格曼甚至安东尼奥尼包容在内。

与费里尼、伯格曼以及欧洲的许多大导演相比，安东尼奥尼一生显得特别不走运。他好像从来没有得到观众——尤其是美国观众——的普遍承认。除了你提到的"他没有一部电影是在资金等各种外在条件成熟的情况下

122

拍摄的"，他的大器晚成——导演的第一部故事片《爱情记录》问世时已四十岁；以及最后二十多年中风失语，再也不能独立拍摄一部电影，也令人为之太息。终其一生，仅拍了不到二十部长片，远远少于费里尼和伯格曼。我读《一个导演的故事》，看到他只好把那些电影设想写在纸上，并说："如果电影没拍成，这些材料就变成负担，我写下来好好解放自己。所以我是个写作的导演，不是个作家。"总觉得这是一本无奈之书，寂寞之书。安东尼奥尼以卢克莱修所说"这个世界绝不是由一个神圣的力量为我们创造的，它的漏洞太多了"作为该书的题词，不仅概括了他对世界的总的看法，也概括了自己的电影生涯。从《奇遇》到《放大》五部电影在六七年间接续完成，相对他几乎长达一个世纪的一生，这个高潮实在非常短暂。不过我想这大概也就够了。这个世界可以接受平庸的东西，也可以接受美好的东西，但是接受不了太多美好达到极致的东西。

止庵

二〇〇八年三月二十六日于秦皇岛

话说出版事

这些年出了不少关于书的书，有读者写的，有编辑写的，有卖书人写的，有收藏家写的，读来都有意思。但我总有一点不满：书这码事儿，有写书——出书——卖书——买书——读书一系列环节，进而言之，写书又涉及作者、收入，出书涉及编辑、校对、装帧设计，卖书涉及书店，买书涉及收藏，读书涉及评论，此外还有审查、评奖，等等；而作者囿于一己见闻，往往只说到其中一小段儿。譬如收藏家注重版本，出版社当初推出某种版本时有过何等考虑，他就未必知晓了。我一直期待着有一本书，能够把书的来龙去脉都给讲讲，而且生动具体，要言不烦，不板面孔，如道家常。最近读到李长声的《日下书》，可谓于愿足矣。

作者说："朋友金子胜昭笑问：年将不惑，那你打算做什么？便答曰：专攻日本出版文化史。"(《二十年贩"日"记》)他的研究著作迄未完成，却写了一系列随笔。然而随笔也正是有这个做底子才写得好，也就是说，有大品的分量，小品的态度，何况作者是文章高手，笔下特别有股潇洒劲儿。李长声向被称作"知日派"，这大概为有别于"亲日"或"反日"而言。其实彼此并不在同一层面。我读作者的文章，有气量，有见识，有材料，有趣味，"亲日"或"反日"并不需要这些，借用《庄子·齐物论》所说，它们那是"大知闲闲""大言炎炎"。至于作者说："当初有志于撰写日本出版文化史，很留意数据，而此一时彼一时，数据反倒变成了阅读的累赘。"我倒觉得"数据"恰恰构成随笔里的"干货"，否则写随笔岂不成了扯闲篇儿了。而作者讲的"出版文化"，已将有关书的整个流程涵盖在内。正如其所说："日本出版之丰富，之精美，之繁荣，对我的震惊盖过了文学印象。"但凡对书有点兴趣的人，读了总能长些见识。

作者说："倘若这些随笔似的东西有助于业内人士了

解日本书业，又能让业外的读者窥见一下出版内情，平添些读书的乐趣，那真是望外之喜。"我也在出版界混过些日子，凭一己经验，以为就中可资借鉴之处颇多。譬如书中所讲"文库""全集""新书"，以及"匿名书评"等，我们都不妨采取"拿来主义"。说来过去中国的出版人也曾学过几手，譬如赵家璧说："那时，我常去内山书店，有时为了去看望鲁迅先生，有时专诚去浏览新到的日本文艺书。我虽不通日文，但从书名和内容的汉字部分，也还能粗知大概。内山老板见我喜欢书，经常送我一些日本出版商印发的图书目录和成套书的宣传品。我回家后，灯下枕边细细翻阅，颇有启发。我看到日本的成套书中有专出新作品的，也有整理编选旧作的，名目繁多，有称丛书、大系、集成或文库之类，范围很广，涉及文学、艺术等各个部门。其中有一套整理编选近代现代文学创作的大套丛书，都不是新创作，而是已有定评的旧作的汇编，引起了我很大的兴趣。"(《话说〈中国新文学大系〉》)于是便有了所主编的煌煌十卷《中国新文学大系》。我读《日下书》，才明白他是受了日本"全集"的影响。以后我们的"外国文学名著丛书""二十世纪外国文学丛书""获诺贝尔文学奖作家丛书""拉丁美洲文学丛书"等，走的也是这个路子。但据作者介绍，日本此外还有"文库"和"新书"两种形式。"日本出版行业惯行把图书类分为单行本、文库、新书、全集等。文库本平均价格约为单行本的一半。先印行利润高的单行本，赚足了之后再考虑出文库本，细水长流。不少文库版图书一印再印，发行量惊人。"(《打破文库的传统》)"若说'新书'的特点，首先是轻便，适于袖珍、便携，充分体现了书可以在户外车中随意获取信息这一长处。第二则在于价廉。'新书'是日本简装书丛书的代表。从广义上说，'文库'也属于简装本丛书。'新书'基本是直接出版新作品，凭选题取胜，而'文库'以改版重刊古典等作品为主，平分秋色，各有各的用武之地。"(《新书文化——中间文化》)我们也出过"口袋本"，多少类似"新书"，不过动静不大，出的也多半不是新书；至于"文库"，无论岩波文库之"选书精良"、重在"教养主义"，还是角川文库之"时尚化""读了就扔"，我们好像很少有类似举动。有一套"世界文学名著普及本"，但是价格未见特别便宜。这里最关键的，是中国出版界没能在拥有广大读者群的时候，有计划、大规模地尝试通过"文库""新书"这种降低书价以扩大销路的办法，进一步巩固与读者的关系。虽然其间可能有困难，譬如发行渠道和结款方式之类问题，但不管怎样，等到网络阅读兴起，再想以类似办法保住读者只怕来不及了。作者谈到如今日本的情况，也说："时代发展，纸媒体不再是龙头老大，电视、因特网、手机夺走读者可支配的时间，出版物的统计数字一味增长纯粹是美梦。"（《小林一博：书的三大罪》）可惜《日下书》问世有些晚了。

前面提到"全集"，除类似我们的"丛书"者外，还有作家个人的全集。作者介绍了夏目漱石全集的不同版本，一九三四年岩波书店版十八卷本《漱石全集》和一九七〇年集英社版十卷本《漱石文学全集》，尤其引起我的兴趣。前一种的编辑小宫丰隆的"校订方针来自德国文献学，是'原典主义'，有原稿依从原稿，没原稿则根据最初发表的杂志、报纸或初版单行本。即使遣词用字有误，若表现著者的个性，就不予订正"（《不同版本的夏目漱石全集》）；后一种的编辑荒正人"认为，有可以信赖的文本，文学研究才会进步。编辑方针是当时在欧美取得显著进展的文本校订（textual criticism），原稿不过是'第一次数据'，不能仅仅基于它机械地编造定本。著者也会有笔误，文本校订要考虑各种情况，予以订正"（《文本的校订》）。我想与日本的夏目漱石地位相当的，在中国应该是鲁迅罢。可是我们的《鲁迅全集》，只有一九三八年、一九五八年、一九八一年和二〇〇五年几个版本，二〇〇五年版又不过是对一九八一年版的修订，更多工夫用于注释的改动而不是文本的校订。以上四个版本，居然无一附有校记。注释本终究只是一种帮助读者理解的普及本，什么时候我们能有一部根据手稿、原刊文、结集的所有不同版本汇校，并写出详细校记的《鲁迅全集》呢，当然这是题外话了。

二〇〇八年十二月十一日

读《学画记》

邓伟记述师从李可染经历的《学画记》，版权页图书分类归在"艺术评论"，我倒觉得应该属于"语录"或"特写"。此类不仅记言，兼或记行、记事的文字中，顶有名的要数葛赛尔的《罗丹艺术论》了，所述罗丹的话："美是到处都有的，对于我们的眼睛，不是缺少美，而是缺少发现"，现在好像还常被引用；还可提到爱克曼的《歌德谈话录》，雅诺施的《卡夫卡谈话录》，等等。俄罗斯作家关于陀思妥耶夫斯基、托尔斯泰和契诃夫，也有不少类似之作。在中国，则首推萧红的《回忆鲁迅先生》和胡颂平的《胡适之先生晚年谈话录》。许广平尝起念将鲁迅的"日常的生活事实，有可记录的摘写出来"，但只记了几天就中断了，所成《片断的记录》一文，在我看来是其有关鲁迅文字中最具价值者。林语堂评废名《关于派别》云："此文最好处是录与知堂平伯对答的话，此并非侮辱，废名知我如何爱好此《论语》式之对话也。想此番记录工作非做不可，而能记其语录者，又非以上论道诸君子不可。"可惜吉光片羽，止此一篇。

此类文字记言常用直接引语，记行、记事则不乏细节描写，其间难免有艺术加工。然而正如雅诺施所说："我并不把我关于弗兰茨·卡夫卡的书看作文学作品，而是看作资料：它不外是一个见证人的陈述……"毕竟亲眼所见，亲耳所闻，与借助所谓"合理想象"写成的名为传记实为传记小说者有所不同。这种写法源远流长，前引林文就提到《论语》，不过近来好像不大多见，至少写得好的不大多见。现在看到《学画记》，觉得多少接续了这一传统。我对中国书画愧无所知，但二十多年前参观李可染画展，至今印象犹深。当时中国美术馆好像还有另一名家的展览，位居中厅，李则偏在一侧。然而以作品论，似乎李氏胸中丘壑，更其博大深邃。"用最大的功力打进去，用最大的勇气打出来""可贵者胆，所要者魂"，诚哉斯言。

《学画记》系作者根据当年日记和学画笔记整理而成，记载了不少李可染有关绘画和书法言论，或可看作已出版的《李可染论艺术》一书的补遗，是研究李可染艺术思想的重要文献。

作者十七岁与李可染相识，其时画家已近古稀。李氏讲的画理，有些是特别针对这个刚刚步入人生与艺术之门的少年而言，虽然因此可能造成言说与接受深度上的某种局限，但却为此书别添一种意趣。譬如："他又看了看我的画，略微一停，说：'你烘染得太多，不好。我的名字里的染字不是烘染的意思，和烘染的染字没关系。我如果是一个演奏家，也可以叫李可染，你不要以为我叫李可染，就拼命往纸上烘染。再说，好画是画出来的，不是染出来的，更不是涂出来的。绘画要倾注人的情感，要表现一种艺术境界，渲染仅仅是一种表现形式。'老师这一天对我画的那些东西不太满意，他有些生气地说：'你以后不要再让我看到你那些"染"出来的东西。'"此等话语自非寻常画论，却又最见李可染的精神。书中所记他对作者种种关怀教育，真乃师徒如同父子。

《学画记》主要写一九七六年至一九七八年，即这一

132

老一少相识的最初两年之事。作者说，李可染"是那样的认真，不厌其烦地一次次给我讲"，"实际上，他是在预习，在备课，准备尽快返回讲坛"。以后李可染重新成为公众人物，作者自己则忙于学习、事业，书中所写也就简略多了。此书笔意诚恳亲切，我读了却不无寂寞之感。大概这种际遇，说得上是一生难得罢。

二〇〇八年三月二十一日

卷下

读书、写书与编书

　　我小时候听父亲要哥哥姐姐好好念书，偶引《三字经》"苏老泉，二十七"等语，遂记在心上。也许受了心理暗示罢，二十七岁对我来说，倒是一个要紧年头。后来做的不少事情，都能从这儿找到缘由。此前我写过不少东西，有诗，有小说，然而兴趣渐渐减了；我也读过不少书，却如父亲来信所批评的，"学而不能致用"。虽然学并不非得致用，不过我的确有点儿落空了。

　　一九八六年春天，我先后买到周作人《知堂文集》《过去的工作》和《知堂乙酉文编》的影印本，此外还有一套《知堂书话》。这是我首次接触周氏作品，尽管很早就知道他的名字。——初中上政治课，老师提到鲁迅有个弟弟如何如何，说他曾署名"周遐寿"发表作品，并把这几个字写在黑板上，我记得清清楚楚。对散文一类东西，我虽读了不少，当代如杨朔、秦牧、刘白羽，古代如"唐宋八大家"，周作人的文章却与这两路完全不同。借用徐訏的话就是："他这种老老实实谈他读书与见解，中国还没有一个学者做过，或者敢做过。"(《从"金性尧的席上"说起》)这引起我很大兴趣，此后就尽量找他的书来读。张爱玲《传奇》的影印本和排印本，大概也在同一年里先后到手。她的作品此前我只读过《收获》上重新发表的《倾城之恋》。张爱玲同样令我耳目一新。还有废名，这一年里我买着《桥》的影印本，当然最看中的还是他散见于《人间世》和《世界日报·明珠》上的随笔，我从一本编得不很理想的《冯文炳选集》中读到一些。

到了冬天，我立下誓愿，要把先秦各家通读一遍。此前除《论语》《老子》《公孙龙子》外，都仅仅看过个别篇章。自忖好歹算个读书人，实在不该如此；后来通读《诗经》，也是类似想法。我托病没去上班，先从《庄子》起手，把所找到的七八种注本一并摊开，原文连带注疏逐字逐句地对照着读。待到终卷已是转过年了，笔记写了五万字。若论对我人生影响之大，此前此后读的任何一本书都不及《庄子》。这里只说两点。其一，《庄子》说："天不得不高，地不得不广，日月不得不行，万物不得不昌，此其道与。""道"系指事物自然状态，乃是本来如此；对人来说，就是拒绝了固有价值体系之后所获得的自由意识。拒绝固有价值体系，也就不在这一体系之内做判断：不是是，不是非，不非非，也不非是。以后我又读《五灯会元》和《古尊宿语录》，更是提供一种思维方式，其特点就是拒绝所有既定的思维方式。也就是说，不接受他人预设的前提，不在现成的语境里说话。"逢佛杀佛，逢祖杀祖。"其二，《庄子》讲了庖丁解牛、痀偻者承蜩、津人操舟、丈夫游水、梓庆削镲、大马之捶钩者捶钩等故事，道理都是一个：当把"技"完善到那样的程度，它不再局限于仅仅是一项技，超越了技的所有功利目的，同时也超越了技者自身，也就是通常所谓忘我，它就有可能达到"道"；从技者方面考虑，他是在一种行为之中使自己升华到某种境界。这都使我终生受益。

至此我读书大致有两个方向，其一以现代文学为标的，而又集中于周作人、废名、张爱玲等几家；其一以先秦哲学为标的，集中于《庄子》《论语》和《老子》。我曾戏言，先秦哲学归根结底是关于人的，《庄子》讲的是一个人的哲学——也就是"我"；《论语》和《老子》讲的是两个人的哲学——除了"我"之外，还有"你"或"他"。在孔子看来，这另一位是好人；而在《老子》作者看来，则是坏人。先秦别家所说，可分别摄于三家之下，譬如孔子一脉有孟子、荀子，老子一脉有孙子、韩非子，只有庄子是自说自话。

接下来的几年里，我并未写什么东西。也许是机缘不够罢。——现代文学史上不少人似乎也是如此。譬如鲁迅自从《域外小说集》受挫，便沉寂多年，直到钱玄同替《新青年》来约稿；他虽然编了《古小说钩沉》，若不去北京大学授课，也就不写《中国小说史略》。周作人的创作高潮，则与《新青年》《晨报副刊》《语丝》《骆驼草》和《大公报·文艺副刊》等关系密切。我当然不敢自比前贤，却也明白其中道理，说穿了就是文章可以不写。直到一九九〇年，友人曾一智在《黑龙江日报》编副刊，约我父亲写文章，他转叫我写，我才动笔。起初写的很少，每月一两篇，每篇千把字，五年后结集为《樗下随笔》出版，算是我的第一本书。以后继续写着，多系读书笔记，又陆续编成七个集子。我所读的书全凭一己喜好。即使是编辑命题之作，也得自家对那题目感兴趣，所涉及的书是读过的，或者正想读的。前些天我对朋友说：平时读书，似乎颇有感想，写下来才明白并不周全。反过来讲，这也正是读书之外还要写点什么的意义所在。另一方面，因为希望写得周全，须找相关东西参考，连带着也就多读不少书，多知道不少事情。前面说文章可以不写，可是真要写了，还得认真对待，一如《庄子》庖丁、津人诸位之所为也。

我把阅读《庄子》所得写成一本书，已在最初读它十年之后。其间我读了一百来种注本，特别留心众说纷纭之处，差不多每个细部都从前人那里得到启发，但是我自己对于整本《庄子》和自具框架的庄子哲学，则越来越不完全认同于其中任何一家的说法。当时我还在公司上班，回家便写关于《庄子》的笔记；整整一年，写了三十几万字，又花半年时间整理，成《樗下读庄》一书。我在序言里借用"不为无益之事，何以遣有涯之生"形容自己的读书过程。项莲生这话乍看是对《庄子》"吾生也有涯，而知也无涯。以有涯随无涯，殆已；已而为知者，殆而已矣"唱反调，其实讲的是一回事，不过一位是从生命的终点往回看，一位是从生命的起点往前看罢了。我说，至此为止，我的"有涯之生"里所干的"无益之事"只是读书；在东翻西看了些年以后，我想这一辈子至少也要仔仔细细地读一本书。这本书应该是由得我不计光阴地反复体味，而其价值或魅力不在这一过程中有所减损的，也就是说，这件"无益之事"真的能够成为我的"有涯之生"的对应物；我选定的是《庄子》。

我读《老子》还在《庄子》之前，母亲曾以苏体为我抄过一遍——附带说一句，她还为我抄过《诗韵新编》，整整写满两个本子。当初读完《庄子》，接着重读《老子》，我的札记却没写多少。我读先秦典籍，多少为在精神上求得一点支持，但是《老子》令人不很舒服，尤其是名为"道"，实为"术"的那一套，正如朱熹所说"老子心最毒"。不过它对我仍时时有所蛊惑，让我总想找机会再下一番功夫。后来有机缘写《老子演义》一书，得以把郭店楚简、帛书以及王弼以下几十种注本一并读了，觉得算把《老子》弄明白了。我在序言中说，《老子》是中国文化重要原典，喜欢也好，反对也好，都是客观存在；其中意思明明白白，又歪曲不得；而且自成一个整体，真要去其糟粕，取其精华，恐怕也没那么容易。书中所说真要实行起来，的确有些可怕，但这一要城府，二要器量，三要耐性，我只怕大家未必能够做到。

我对中国现代文学虽然关心，却谈得很少，只是编了一些书而已。前面讲读周作人的作品，主要是钟叔河大致依照原来样子出的那些；当时只想当读者，无意自己动手。谁知出了十几本就不出了，而没面世的，恰恰平常不大容易见到。我曾去信询问，编者复函谈及新的思路，大致即如后来出的《周作人文类编》那样。说实话我觉得这种编法未必可行。因为每一类别背后都是一门学问，须得深入理解，才能将一篇文章置于合适位置；作者写文章又往往是打通了的，很难归在某一类里；至于查找不易，尚属次要。我想还是重印作者自己当初编的集子为好，因为编时于篇目取舍、排列顺序自有安排；打乱重编，这点心思就看不到了。我整理出版《周作人自编文集》，乃是退回到钟氏原来的路数，将他当初做了一半的事情做完。其间承蒙他提供《老虎桥杂诗》谷林抄本和《木片集》六十年代校样，这是要特别表示感谢的。这两本书都是首次出版。还有《知堂回想录》，原先香港三育图书文具公司的本子错谬太多，我则是根据作者家属所提供的原稿复印件整理而成。时值盛夏，每天早晨八点开始工作，除吃饭外，一直干到夜半，整整一个月才告完工。我编的《苦雨斋译丛》，收录的是周作人根据古希腊文和日文翻译的作品。相比之下，可能比《自编文集》价值更大一些，因为多半依据保存下来的作者原稿整理付印，而早前印本与这些原稿相比，删改之处甚多，有些甚至面目全非。《译丛》中《希腊神话》一书也是首次出版。我还发现了周作人的佚著《近代欧洲文学史》。该稿尘封多年，我偶尔上网查阅某图书馆目录，见周氏名下有此一种，遂请作者家属代为查看，果然向未付梓。有人听说此事，辄言"不就是早出过的《欧洲文学史》么"，不免上了想当然的当了。此书由我与友人戴大洪合作校注，已经出版。

我曾说，关于周作人，我总觉得大家无论要说什么，都得先把他所写的书和所译的书读过才行，而目前最欠缺的还在这些著作的整理和出版方面。这是我作为他的一个读者的由衷之言。而我十几年来在这方面做的，首先满足的倒是自己的需要。我没有念过文科，又不在大学或研究所工作，做此类事甚是不易；假如有人先行做了，我乐得坐享其成。我编废名的书也是如此。我写文章受到前人不少影响，其中就包括废名。诗人沙蕾曾经教我："如果我们将爱好的作家的作品翻来覆去地读，十遍二十遍地读，就会得到他的'真传'了。"而迄今为止，我也只对废名下过这种工夫。我曾说，周作人是浑然天成，废名则字字琢磨，一丝不苟，所以前者只可领会，后者可以学习。周文多苦涩气，乃是作者骨子里的，下笔多很随意，一切皆自然流露。废名则有心不使文字过于顺畅，多些曲折跳跃，因此别具涩味，又很空灵。他最怕文章写得"流"了，我很佩服这种不肯轻易向字句让步的精神。可是废名的文章散见于旧报刊，向未收集，查找不易。有家出版社印行一套"散文全编"，我一直盼望列入废名一种，无奈久待不得。结果只好自己来编一本，即《废名文集》。废名又著有《阿赖耶识论》，搁置已久，也经我手首次出版。我作为一个读者——请原谅我一再这样说——偶尔涉足出版，有机会印行几种从未面世的书，与其说感到荣幸，倒不如说少些担忧：我是经历过几十年前那场文化浩劫的人，眼见多少前人心血毁于一旦；现在印成铅字，虽然未必有多少人愿意看它，总归不至再因什么变故而失传了罢。

我写过一则"自述"："平生买书第一，读书第二，编书第三，写书第四。"在给朋友的信中，曾经谈到一些"写作计划"，说来均根植于一己的阅读经历。某本书一读再读，或某类书读得多了，不无想法，难以忘怀，就想写它下来。当然不写亦无妨。因为书既读过，要论获益多少已经有了。

二〇〇八年一月二十日

普通读者

　　前几天逛书展，我对同行的朋友说，如今出版繁荣，真非昔日可比，假若一位家长去到一家较大的书店，譬如北京的三联、万圣，大约能挑选出适合自家孩子一生阅读的书。这话只说到一半，接下来该说我本人可没赶上这样的好事儿。并不是缺乏关爱，"文革"乍起，红卫兵抄走我家藏书，母亲还偷偷为我藏起几本，现在记得的有《十万个为什么》《洋葱头历险记》《马列耶夫在学校和家里》《瓦肖克和他的同学们》《盖达尔选集》《古丽雅的道路》《卓雅和舒拉的故事》《青年近卫军》等。然而光这些不够我读的，再说后来想读点别的，母亲可就没办法了。

　　我的整个少年和青年时代，都处于对书的饥渴之中。

只好找到什么读什么，而更多时候则什么也找不到。一个人的不同时期有不同的适合他的读物，在我却前后颠倒。上初中时我已经看过斯坦尼斯拉夫斯基的《演员自我修养》和《演员创造角色》，可是直到十九岁才读《鲁滨孙漂流记》，二十三岁才读《巨人传》。至于该读而不曾读的书就太多了。但又看了不知多少毫无价值的东西，五六十年代的中国小说，还有翻译过来的苏联小说，十之八九我都看过，不啻白白浪费时间。有朋友很重视"童年记忆"，对自己早先看过的书或电影念念不忘，一进碟店就找什么《地道战》《瓦尔特保卫萨拉热窝》之类，对此我不以为然。

当年好书难得，偶尔到手，一读再读。譬如《水浒》我就读过二十几遍。书中一百零八将的星宿、绰号，都能背诵；哪位好汉在哪一回登场，谁引出他，他又引出谁，也记得清楚。父亲赋闲在家，以教我们兄弟姐妹写作为娱，常常提及《水浒》，讲的却是别的一些东西。他以误入白虎堂、火烧草料场和杀阎婆惜这几段为例，分析小说的情节；讲到手法和语言时，火烧草料场中"火盆""絮被""花枪"等关键细节，以及"纷纷扬扬卷下一天大雪""那雪下得正紧"之类句子，都被一再提起。后来我读金圣叹批《水浒》，处处都有心得，父亲当初所讲与此好有一比。父亲分析唐诗同样详尽，举凡炼字炼句之处，都要我们认真揣摩。此系承袭古人诗话、词话的传统，这类书父亲素所爱读，我自己以后也很喜欢。

我一生的阅读习惯，大概就此养成：总是认认真真地把一本书读完，不肯"匆匆一过"，或"未能终卷"。或者说哪儿有那么多工夫呢。岂不知"十鸟在林，不如一鸟在手"，而且"在林""在手"，事先原本有所属意，精心挑中的就是最好的那一只，其余无妨留在林子里，将来有空再说，有的压根儿不必捉在手上。我读书纯粹出于一己爱好，很多书我未曾寓目，特别是那些喧嚣一时，继而烟消云散的书，自忖不读它们并无什么损失。

伍尔夫说："显而易见，书是分门别类的——小说、传记、诗歌等等——我们应该有所区别，从每一类别中选取该类别能够给予我们的好东西。然而很少有人问书到底能为我们提供些什么。通常情况下，我们总是以一种模糊和零散的心绪拿起一本书进行阅读，想到的是小说的描写是否逼真，诗歌的情感是否真实，传记的内容是否一味摆好，历史记载是否强化了我们的偏见，等等。如果我们在阅读时能够摆脱这些先入之成见，那么就有了一个良好的开端。不要去指使作者，而要进入作者的世界；尽量成为作者的伙伴和参谋。如果你一开始就退缩一旁，你是你，我是我；或者品头论足，说三道四，你肯定无法从阅读中获得尽可能多的价值。相反，如果你能尽量地敞开心扉，从最初部分开始，那些词语及其隐含之意就会把你带入人类的另一个奇异洞天。深入这个洞天，了解这个洞天，接下来你就会发现作者正在给予或试图给予你的东西是非常明确的、非常实在的。"（《我们应该怎样读书？》）在我看来，这与金批《水浒》，诗话、词话，以及父亲当年讲的正是一致。可以说，金圣叹首先是个好读者，诗话、词话那些作者也是好读者，父亲也是好读者，而我自己同样想做这样一个好读者。

伍尔夫所说摆脱成见，实为读书的前提，否则看得再多，也毫无用处。一卷在手，我们所面对的不只是这本书，还有关于它的各种说法，诸如评价、解释之类，这些东西挡在眼前，可能使人难以得窥真相。前几天朋友聚会，聊起张爱玲的小说《色，戒》，看法不同本不足奇，否定者却举某某名家称不能卒读为证，又说大家都觉得不好；另一位则讲张爱玲的问题在于是非观。我想别人的说法只能作为参考，不能据以立论；而立论的前提必须是公理。因此要以是非观来批评张爱玲，必须先确定是非观足以构成评价一个作家的标准，否则这一批评就不成立。此中即有读书之道。我曾说，不轻易接受别人的前提，也不轻易给别人规定前提。轻易接受前提的，往往认为别人也该接受这一前提；轻易规定前提的，他的前提原本就是从别处领来的，说来两者并无区别。读书多年，无非就是这点心得。《远书》所收我给朋友的信中，谈论最多的正是此事。

对我来说，读书如此，把读书所得写下来同样如此。其间只有两点差别：第一，读书所得容与他人看法相似，写下来却要有点一己之见；第二，文章自应讲究写法，至少也要做到文从字顺。是以读得多，写得少，在所难免。有些书平生最爱，所受影响亦巨，譬如陀思妥耶夫斯基的小说，无拘长短我都读过，有的不止一遍，迄今却未写过任何文章，因为我想的尚不周全。又如卡夫卡，想法倒是够写一篇文章了，可要动笔的话，还得找时间把他的作品再读一遍。再如去年有人约我谈谈《呼啸山庄》，这是个好题目，又正可藉此重读该书，但也迟迟不能动笔，因为看过相关评论，感到要想说出新意并非易事。笔记已写了两万多字，估计成文也不过三五千字罢。与那些通常称作"书评"的短文比起来，我自己觉得所著《樗下读庄》《老子演义》用心可能多些，所得可能也多些。《庄子》和《老子》皆为经典，一两千年来注疏无数，但未必就把话都说尽了，也还由得我们开口。且各举一例。

《庄子·养生主》有"吾生也有涯，而知也无涯。以有涯随无涯，殆已；已而为知者，殆而已矣。为善无近名，为恶无近刑，缘督以为经，可以保身，可以全生，可以养亲，可以尽年"一节，其中"为善无近名，为恶无近刑"二句，郭象《庄子注》云："忘善恶而居中，任万物之自为，闷然与至当为一，故刑名远已而全理在身也。"以后注家多从此说，譬如陈鼓应《庄子今注今译》即云："做世俗上的人所认为的'善'事不要有求名之心，做世俗上的人所认为的'恶'事不要遭到刑戮之害。"然而遍观全书，作者何尝有"为善""为恶"之意，而且小心计算分寸，无些子境界。在我看来，还以成玄英《庄子疏》

所言成理："夫有为俗学，抑乃多徒，要切而言，莫先善恶。故为善也无不近乎名誉，为恶也无不邻乎刑戮。是知俗智俗学，未足以救前知，适有疲役心灵，更增危殆。"也就是说，两个"无"字作"无不"解。我的解说即基于此："'吾生也有涯'是人生实实在在的一个前提，本身无以改变，但却可以引出两个方向。庄学就是由此展开其思考，所以说这也是庄学的前提罢。一个方向是'殆已'，'殆而已矣'，是更其'有涯'；另一个方向则是'可以保身，可以全生，可以养亲，可以尽年'，让人生能充满它的'涯'，最大程度地减少限制。而方向的取舍，差不多即是庄学之为庄学了。关键是在与'知'的关系，也就是说，首先是个认识问题，然后才是怎么做法。'知'并不只当一般知识讲的，最主要的还是'善''恶'这类社会意识。……在庄学看来，善与恶同为社会意识，没有什么本质区别，而名无非是另外一种刑而已。为善即以善为方向的人生，遵从社会道德；为恶即以恶为方向的人生，背离社会道德，如果不以社会而以自我为出发点，则其实都是一码事。在'善''恶''名''刑'等等范畴里，人都失去了自我，'无涯'的这些'知'要把本来就'有涯'的人生给吞吃了。所以应该拒绝'善''恶''名''刑'，跳出它们所做成的那个秩序，另外走一条顺乎自然、保全自我的路，这就是'缘督以为经'。简而言之，就是不做社会的人。"

《老子》第一章"道可道，非常道；名可名，非常名"，论家往往因循王弼《老子道德经注》所说："可道之道，可名之名，指事造形，非其常也。故不可道，不可名也。"然而如此"名"与"道"就一般重要了，通读《老子》，当知惟有"道"才至高无上，"名"不曾有此地位。《老子》有超越"可道"之"道"的"常道"这一概念，如第三十二章："道常，无名，朴。"第三十七章："道常，无为而无不为。"却从未出现超越"可名"之"名"的"常名"的概念。书中每言及"名"，均在认识或表象层次，不在本质层次，亦即不"常"。书中更标举"无名"以形容"道"——前引第三十二章如是，第三十七章亦云："吾将镇之以无名之朴；镇之以无名之朴，夫亦将无欲。"又第四十一章："道隐无名。"第一章下文"无名，万物之始；有名，万物之母"，"无名"然后"有名"，"名"非始终存在，所以不是"常名"。在我看来，"道可道，非常道"实为假设复句（"如果……就……"），"名可名，非常名"实为因果复句（"因为……所以……"），前一句是说"道"有"常道"，后一句是说"名"无"常名"。也就是说，两句话并非并列关系，"名可名，非常名"说的乃是"道可道"后面那个"道"字。"可道"，也就是"名"。

对我来说，读书好比与作者交谈；倘若论家有所评说，则又像是与他们商讨。别人能够说服我者甚多，偶尔不尽同意，我也不妨申说几句。最近重读《论语》，打算写本小书。这里也来举个例子。牛泽群著《论语札记》颇多创见，但亦有令人不能信服之处。如针对《论语·为政》"子曰：'吾与回言终日，不违，如愚。退而省其私，亦足以发，回也不愚。'"云："'不违，如愚'，似反见孔子喜人问难之常，然而《论语》一书所记，凡有弟子问难，多遭斥诃，如宰我、子路等，虽尝持之有故言之成理而以见师之滨于浅涸，亦未废师之贬讥也。知实喜'不违'而能'反'、能'发'者，孔子于门生中最喜颜回，推之誉之，特立于众，当时无辈，殁后绝伦，然未足以闻其名归之实至者，恐职由于此。"然而倘若结合《先进》"子曰：'回也非助我者也，于吾言无所不说。'"一

154

章来看，当知孔子意思，从学生一方面考虑，喜欢"退而省其私，亦足以发"；从自己一方面考虑，则以"终日不违，如愚""于吾言无所不说"为憾，盖此"非助我者也"，所希望的还是学生能够问难，以激发自己的想法。《为政》此章，还可与同篇"子曰：'学而不思则罔，思而不学则殆。'"一章相参看，"退而省其私，亦足以发"即是"思"，"罔""愚"则实为一事。又《雍也》篇云："哀公问：'弟子孰为好学？'孔子对曰：'有颜回者好学，不迁怒，不贰过。不幸短命死矣，今也则亡，未闻好学者也。'""好学"，即"学"而"思"，即"退而省其私，亦足以发"；"学而不思"，谈不上"好学"。

凡此种种，可以说是我读书的最大乐趣所在，至于写作，究为余事。伍尔夫说："我有时这样遐想：当世界审判日最终来临，那些伟大的征服者、律师、政治家此刻前来领取他们的奖赏：王冠、桂冠以及永久地镂刻在不会磨灭的大理石上的名字。而当万能的主看见我们夹着书向他走来时，他会转向圣·彼得，不无妒意地说：'看啊，这些人不需要任何奖赏。我们这里也没有可以给他们的奖赏。他们热爱读书。'"（《我们应该怎样读书？》）此语稍嫌夸张，但我还是觉得能够理解。回顾平生，读书未必使我高尚，但至少使我不堕落；未必使我广博，但至少使我不狭隘；未必使我更有力量，但至少使我不随波逐流。伍尔夫说："正如约翰逊博士所说，普通读者不同于批评家和学者，他受教育程度较低，也没有过人的天资。他读书是为了消遣，而不是为了传授知识或纠正他人的看法。他首先是出于一种本能，希望从他能够得到的零碎片段中，为自己创造出某种整体——一个人的肖像，一个时代的速写，一种写作艺术的理论。他在阅读过程中不断建成一些潦草的结构，它们与真实的对象有几分相似，足以容许热爱、欢笑和争论，使他从中得到暂时的满足。匆忙、肤浅、不准确，时而抓一首诗，时而捡一块旧材料，不管在哪里找到，也不管它的性质，只要能满足他的意图，充实他的结构。他作为批评家的缺陷是显而易见的。"（《普通读者》）她将自己的评论集取名"普通读者"，实乃谦词；我却颇愿以此自居。虽然我曾讲，像《普通读者》两集里的文章，我要能写出一篇就心满意足了。

二〇〇八年一月十五日

关于读《老子》

今年"世界读书日"，有家报纸倡导"重归经典"，引述专家"以《论语》《老子》《孙子》《周易》四本经典古籍为源头"的意见，问我看法如何。我说挑出这四本书，未必恰当。《庄子》似乎应该在列，而《老子》不能代表《庄子》，《孙子》倒是与《老子》有点儿"靠"。《孙子》是兵书，《周易》尤其《易经》是算卦的书，都不必号召大众去看；至于《孙子》在现代商场上有用处，则是另一码事。

专家学者研究是一回事，若要向大众推荐，不如做个选本，范围可以扩大一些，把《庄子》《孟子》《公孙龙子》《荀子》《韩非子》《吕氏春秋》等也包括在内，各择精华，详加注释。如果非挑四本不可，我觉得《论语》《老子》《庄子》应该有，第四本就未必一定局限于思想或哲学，《诗经》或《左传》可能也是好的选择。不要把接受的角度和范围弄得太狭隘，太专一了。我们还可以从文学或历史角度来欣赏了解。文学不能不提《诗经》，历史不能不提《左传》，而《论语》《庄子》《左传》又都是先秦最好的文章。多些角度，受者获益可能更大一些。

假如"重归经典"这说法真的成立，目的也不应该太直接，太现实，太急功近利。有时了解本身就是阅读的理由。像《老子》这么重要的原典讲了什么，作为中国人总该知道。总的来说，先秦原典反映了先民的生存智慧和思想智慧，而这与现代人的看法可能相符，也可能不符。不可否认原典对我们有益处，但原典彼此间却未必一致，譬如《论语》与《老子》所讲的做人原则就是根本矛盾的。有些原典的内容与我们现在的一般要求是相反的，除非误读，否则难以照搬。仍以《论语》和《老子》为例，前者教你如何做个好人，做个道德高尚的人，哪怕"杀身以成仁"（《卫灵公》）；后者则教你如何赢，如何胜，是不是好人无所谓，或者干脆说，孔子所说的那种好人，《老子》作者根本反对去做。我们对两方面都了解了，自会有取舍。

说来单单"了解"，已非易事。《论语》要算比较容易读的了，不少章节仍然众说纷纭。譬如："子曰：'攻乎异端，斯害也已。'"（《为政》）其中的"攻"字，历来解释不一，有说"攻击"，有说"专攻"，意思恰恰相反。知道有不同解释，才能择善而从。错误的解释则会误导读者。这两年内地出了不少台湾教授傅佩荣讲国学的书，实在错误百出。张中行曾对流行一时的南怀瑾有所批评，我觉得傅佩荣水平还不及南怀瑾，不客气地讲，有些地方恐怕汉语还没过关呢。

关于某一本书的各种现成说法，很容易构成我们的阅读障碍。譬如一提到《老子》，首先就会想到"老庄"。其实《老子》跟《庄子》并不是一回事儿，不加分辨，很难避免误读。所以不要先入为主，要把现成定论放到一边，读完了原著，再回过头来看那些定论对不对。再就是要通读全书，《老子》一共才五千字，不要被其中一两段给局限住了。譬如第一章讲"道可道，非常道，名可名，非常名"，给人一个很玄虚的印象，觉得"道"真是莫测高深；但接着往下读到第三章，就是"是以圣人之治，虚其心，实其腹，弱其志，强其骨，常使民无知无欲，使夫智者不敢为也"，"道"也就落到实处了。光看其中一章，印象就不完整，不准确。再就是要选择古今不同年代的注释本加以参照，不要偏信一家之言。《老子》有楚简，有帛书，虽然都是早出的，但相比之下，对于一般阅读来说王弼本还是最好的，他的《老子道德经注》也是重要的注本，当然也有注错了的地方。《老子》的注本很多，最好多找一些对照着看。今人的注本，徐梵澄《老子臆解》精辟之见颇多，不过他是注的帛书《老子》。

读《老子》不可先入为主，这可能导致误读；但假如不误读，又可能大失所望，因为原本的期待就是建立在误读的基础之上的。譬如现在提倡"返归自然"，常常追溯到《老子》，然而《老子》里并没有今天我们的"自然"概念。书中几处讲到"自然"，如第十七章："功成事遂，百姓皆谓我自然。"第二十三章："希言自然。"第二十五章："人法地，地法天，天法道，道法自然。"第五十一章："道之尊，德之贵，夫莫之命而常自然。"第六十四章："以辅万物之自然而不敢为。"都是指事物的本来样子。《老子》中的确有不少对于自然现象的观察，"道"就是从这种观察中体悟出来，但是在作者的头脑中，尚且没有一个如今天我们所说的与人类社会相对应的"大自然"的概念。《老子》一言以蔽之，就是"反者道之动，弱者道之用"（第四十章）。"道"是对事物本来样子的一种规律性的概括。作者认为这一规律在于事物永远向着相反方面转化，应该利用这一规律，置身于弱的一极，以期"柔弱胜刚强"（第三十六章）。《老子》所说"知其雄，守其雌""知其白，守其黑""知其荣，守其辱"（第二十八章），"贵以贱为本，高以下为基"（第三十九章），"勇于敢则杀，勇于不敢则活"（第七十三章），等等，都是这个意思。所以我说，真要读懂《老子》，现代人难免失望。现代人老是说保持强者姿态；《老子》则强调要弱，等着由弱变强。而且就算接受他这想法，《老子》讲的，操作起来也不容易。《老子》作者从"天下之至柔，驰骋天下之至坚"（第四十三章）、"江海所以能为百谷王者，以其善下之"（第六十六章）之类自然现象中，发现了一个弱能胜强的规律，从而提出"将欲歙之，必固张之；将欲弱之，必固强之；将欲废之，必固兴之；将欲夺之，必固与之"（第三十六章），但是对于一点亏都不吃的人，这种办法肯定没法采用。另外，《老子》讲"大曰逝，逝曰远，远曰反"（第二十五章）和"反者道之动"，这种一方由弱而强，另一方由强而弱的变化颇需时日，我怀疑大家多半没有他所要求的那份耐性。

先秦哲学一般所要解决的不是玄理，而是实用的问题。也许只有《庄子》例外。《老子》之道，是要用于统治和处理人与人的关系，实际上是"术"，或者干脆说是"权谋"。权谋这词儿有点难听，关键在于如何理解它，这未必是个很低的东西。我曾说，先秦哲学都是关于人的，《庄子》讲的是一个人的哲学，《论语》和《老子》讲的是两个人的哲学——除了"我"之外，还有"你"或"他"。在孔子看来，这另一位是好人；而在《老子》作者看来，则是坏人。《老子》作者不承认超越胜负之上的道德价值，他把人与人之间的关系看成你争我夺的关系，因为你以强凌弱，所以我以弱胜强。但"国之利器不可以示人"（第三十六章），这个方法可以御臣，可以克敌，却不宜轻易透露给别人，否则对方也要利用它，那么你就不能取胜了。

《老子》的作者是谁，仍然不能确定。司马迁写《史记》时，已经搞不清楚谁是真正的老子了。郭店楚简的年代，多数论家以为在战国中期，即约公元前三〇〇年左右。我们读《老子》，也觉得讲的是战国的事，所以肯定不会出自那个据说孔子曾经问礼的老子即李耳之手。《老子》作者可能生活在战国时一个小国里，形势危险，所以他讲弱国和弱者的生存之道，求胜之道，提出一套办法。群雄争霸之际，弱国如何保存自己，进而变强，最终获胜，正是《老子》的出发点。后来的官渡之战、赤壁之战、淝水之战，都是以少胜多，从中可以看出《老子》之道。现在商界也有白手起家，后来成了大企业家的例子，也说得上是以弱胜强，体现的也是《老子》之道。权谋未必尽是坏事。换个说法，叫做"生存智慧"，也许就可以接受了。

行《老子》之道要有耐心，有时间，如果这两样儿不具备，那么《老子》也就没有用处。不过相比之下，若论在中国政治史和文化史上的具体作用，《老子》比《论语》恐怕还要大一点儿。孔子的形象对于中国的读书人来说，永远具有道德感召力；他的意义在此，但也仅限于此。且想象有一道斜坡，大家都往下走，忽然回头一面，高处有个背影，那就是孔子。这也就是孔子的楷模意义。《论语》可能解决不了什么问题，但因为有了孔子，我们起码不至于太堕落。用前人的话说就是："天不生仲尼，万古长如夜。"(《唐子西文录》)《论语》讲的是求圣之道——"圣"无非就是高于人间的道德水准罢了；《老子》则是求胜之道，因为生存环境恶劣，所以不得不如此。孔子是人道主义者，所说的"仁"就是彼此都把对方当人，以期大家都能好好生存。《老子》则是我胜你败，我活你死。相比之下，我个人不大喜欢《老子》。

至于时下一会儿祭黄帝，一会祭孔、老，除体现了高涨的民族情绪，也可能有经济考虑。吃古人是今人的生存之道，对此无须多说。作为读书人，还是老老实实读书为好。说到《老子》，读者不要把它看得太高，好像神秘莫测；但也不要把它看得太贱，什么都拿来用，拿来卖。说到我自己，读《老子》只是满足求知的需要，我要明白它讲的到底是什么。要说获益，即在于此。

二〇〇八年十月四日

我读外国文学

我不止一次提到整整三十年前，外国文学作品允许公开发售的事儿。那年"五一"过后，新华书店送书到大学里卖，我买到的有《鲁滨孙漂流记》《莫泊桑短篇小说选》《安娜·卡列尼娜》《契诃夫小说选》《易卜生戏剧四种》等。书都用的是印报那种糙纸，而且把原本大三十二开本印成小三十二开本，天地特窄，许是印量太大，纸张供应不及的缘故罢。时至今日，我们买什么书，读什么书，不说随心所欲，总能自作主张，正肇始于当初的"解禁"。

上面提到的几本书，现在还在我的书柜里摆着，因为尚可一看，虽然《鲁滨孙漂流记》和《安娜·卡列尼娜》已有替代译本，而莫泊桑、契诃夫的小说和易卜生的剧作都出了全集了。说来我的阅读口味，三十年并无太大改变，尽管有些早先爱读的书，现在已经兴趣不大，但总归没有离开这个圈儿。朋友曾转告别人对我的议论："说实话，我对他对外国文学这么感兴趣有点不解。他这个年纪还这么喜欢读小说，也是一种怪事了。"这些年我写东西的确较多涉及外国文学，但说不上是"坚持"。不过往身边看看，当初一班热衷外国文学的朋友，乐此不疲的好像没剩下几位了。

我读外国文学，可以追溯到更早，只是那时书不好找，好书更难得。譬如苏联小说"文革"前翻译很多，我读了总有十之七八，现在回想起来，除肖洛霍夫的《静静的顿河》外，很少有值得一提的。苏联所谓"社会主义现实主义文学"给我们造成的负面影响，有待于认真清算；庆幸的是我自己好歹从这阴影里走出来了。苏联文学中真正有成就者，此前除索尔仁尼琴所著当作"反面教材"内部发行过一两种外，其他如扎米亚京、帕斯捷尔纳克、布尔加科夫、皮里尼亚克、巴别尔、普拉东诺夫等，基本上没有介绍，我们甚至压根儿没听说过。我是读了马克·斯洛宁的《苏维埃俄罗斯文学》才明白这一点的，这是一部让我恍然大悟的书。以后这些作家的作品陆续翻译过来，我尽量买来阅读。前几天有读者来信要我推荐文学史著作，以个人所受影响而言，我首先要提到这部《苏维埃俄罗斯文学》。

当年俄国和欧美小说较为稀见，但是我也设法读到一些，有的一直为我深所喜爱，譬如塞万提斯的《堂吉诃德》、果戈理的《死魂灵》、艾米莉·勃朗特的《呼啸山庄》；陀思妥耶夫斯基的著作，那时还只读了《穷人》和《白夜》。不过它们的好处，以后重读才真正懂得。尤瑟纳尔说："有一些书，在年过四十之前，不要贸然去写。四十岁之前，你可能对一个人一个人地、一个世纪一个世纪地将千差万别的人分隔开来的广阔的自然疆界之存在认识不足，或者相反，有可能过于看重简单的行政划分、海关或军事哨所。"（《〈哈德良回忆录〉的创作笔记》）阅读的情形其实相去不远。对我来说，年轻时只是养成了读书习惯；年岁稍长，阅历略增，才敢说"开卷有益"。

我读外国文学，获益之处首在欣赏，这没有什么好讲的，勉强说即如过去所云，读书总是试图明白作家干吗这么写，努力追随他当初的一点思绪。若追问然后又怎

167

样，只能说明白了就是明白了，如此而已。其次，如果要我说出在思想上所受影响最大的书，恐怕排在前面的还是文学作品，虽然历史、哲学和思想著作也读过一些。我曾说，我的人生观多得之于庄子，世界观多得之于卡夫卡。在我看来，卡夫卡已经把现代人的境遇，或者进一步讲，把我们这个世界给写完了。"文革"前内部发行的"黄皮书"中有卡夫卡一种，无缘得见。一九七九年我初次读到《世界文学》所载《变形记》，继而《卡夫卡中短篇小说选》《诉讼》《城堡》等陆续问世，后来更买着一套全集。

最近有位旅居美国的朋友打算送本画册给我，问我想要谁的。我报了三个名字：乔吉奥·德·基里科，乔治·鲁奥和勒内·马格利特。三人的画册我都有，只是嫌薄，想找一本厚的。朋友听了我的话就笑了，说这与你对作家的兴趣完全一致——德·基里科与卡夫卡，鲁奥与陀思妥耶夫斯基，马格利特与纳博科夫和卡尔维诺，各有相通之处。我说也许还该加上一位塞尚，只是他的画册我已有一本满意的了，与他对应的作家是福楼拜。虽然我喜欢的作家还有很多，但是上述几位确实替我大致标举了极向，或者说划定了范围。德·基里科画作中始终没有露面的主体——一个被寂静、空旷和阴影吓坏了的人，正是卡夫卡所塑造的角色，对我来说，这浓缩了一己对于世界的基本感受。鲁奥以颇为相近的粗犷笔墨描绘的基督和妓女形象，同样出现在陀思妥耶夫斯基笔下，就中浓重、阴郁又有光亮的氛围和所流露的深沉、细腻的情感，我颇觉契合。马格利特充满悖论的智慧和游戏态度，与纳博科夫和卡尔维诺是一致的，而这始终令我神往。以上都是人间视点；此外还存在着一个俯视人间万物的"天地不仁"的自然视点，这在塞尚和福楼拜那儿体现得最充分，对此我多少有所领会。

二〇〇八年四月十二日

169

悔其少读

对"开卷有益"这话，我一向有些怀疑。回想起来，读过的书中真说得上对自家有益的，未必占多大比例，其他则读不读两可，甚至根本就不必读。早年没条件也没能力选择，后来挑选余地多了，才慢慢知道拣好的看了。

读书不易的时候，能到手的多是一九四九年后的中国小说和翻译过来的苏联小说。相比之下，我对后者更感兴趣。诸如绥拉菲摩维支的《铁流》，富尔曼诺夫的《恰巴耶夫》，革拉特珂夫的《水泥》，法捷耶夫的《毁灭》和《青年近卫军》，奥斯特洛夫斯基的《钢铁是怎样炼成的》，马卡连科的《教育诗》，凯特林斯卡娅的《勇敢》，潘菲洛夫的《磨刀石农庄》，阿扎耶夫的《远离莫斯科的地方》，巴巴耶夫斯基的《金星英雄》和《光明普照大地》，尼古拉耶娃的《收获》，柯切托夫的《茹尔宾一家》《叶尔绍夫兄弟》和《州委书记》，等等，都想方设法找来，读过不止一遍。当时颇为书里描写的英雄和标举的理想所鼓舞，自然认同其宣扬的意识形态了；现在想来，那种意识形态来自严酷的现实，反过来又对现实的严酷产生作用。举个例子，盖达尔在《少年鼓手的命运》中写道："只有到了革命的浪潮把一切界限都消灭了，最后一个奸细、最后一个特务和幸福人民的敌人，也跟这界限一起消灭了，那时候一切歌曲才不唱别的，只是单纯地响亮地歌唱着人类。"如果读了索尔仁尼琴的《古拉格群岛》，就知道这番话的真正涵义了。鲁迅《狂人日记》里说的"……从字缝里看出字来，满本都写着两个字是'吃人'！"用在这儿倒很合适。而离开此点去谈"英雄"和"理想"，未免全无心肝；只以内容真实与否或艺术水平高低来评价这些作品，亦为皮毛之见。现在说这些当然是放马后炮了，那时我还很憧憬盖达尔等人笔下的生活呢。

这批书中，《远离莫斯科的地方》给我留下印象尤深。精装厚厚一册，系父亲从朋友处借来，时为七十年代中期。书中"小红帽"丹尼亚要算是我爱慕的对象，好比别人提到《钢铁是怎样炼成的》里的冬尼亚一样。《远离莫斯科的地方》还给人许久，我仍惘然若失，盼望自己什么时候也能拥有一部。等到书店开始卖外国小说了，我一直留心这书重印没有。一九八一年初我去上海，在四川北路一家书店找到一套五十年代印行的，平装三册，品相很好。我一直不买旧书，这回破例。第二年新版面世，我又买了一套。另外柯切托夫的几本书，我也一度以为揭示现实相当深刻。待到发现他其实固守旧的立场，乃是相对于五十年代"解冻文学"的一个反动角色，而《远离莫斯科的地方》也问题多多，则是后来的事了。

大概我这年龄以及上一两辈的人，都有类似的阅读经历罢。苏联文学对中国文学到底有过什么影响，这笔账应该好好清算一下；虽然时至今日，也许仅仅具有文学史的而不是文学的意义了。说来在其本土亦是如此，好些东西甚至因为缺乏文学价值，已经从文学史中扫地出门。前几年翻译过来一部符·格·阿格诺索夫主编的《二十世纪俄罗斯文学》，上述作品就很少提到。对此咱们的论家却心有未甘："下半时期所谓社会停滞的年代，本土文学原是相当活跃的，建树颇多，却未得到充分的反映，随之而来的是一些卓有成就的作者未能入围。"（见该书"中译本序"）但大浪淘沙，莫可奈何。倒是我辈普通读者，当初孜孜矻矻于此，空耗了许多时间精力。

我明白这一点，是一九八三年读到内部发行的马克·斯洛宁著《苏维埃俄罗斯文学》之后。敢情此前我对苏联文学的了解，仅限于几无文学成就可言的那一部分正统文学，和稍稍偏离正统文学，有些成就的另一部分——譬如肖洛霍夫的《静静的顿河》、帕乌斯托夫斯基的《金蔷薇》，以及阿·托尔斯泰、费定等人所作；至于苏联文学中最有成就同时也是与正统根本对立的部分，我只读了内部发行的索尔仁尼琴的《伊凡·杰尼索维奇的一天》和《癌病房》，别的根本没听说过。像扎米亚京的《我们》，巴别尔的《骑兵军》和《敖德萨的故事》，皮里尼亚克的《红木》，布尔加科夫的《大师和玛格丽特》，普拉东诺夫的《切文古尔镇》和《基坑》，帕斯捷尔纳克的《日瓦戈医生》，索尔仁尼琴的《古拉格群岛》和《第一圈》，以及阿赫玛托娃、茨维塔耶娃和曼德斯塔姆的诗作，都是后来陆续读到的。苏联最后一期的文学作品也译介了不少，拉斯普京的《活下去，并且要记住》曾轰动一时，还有艾特玛托夫、贝科夫、舒克申、阿斯塔菲耶夫等，无疑是新的气象。但在我看来，到底比不上此前那些惨遭埋没的作品——它们无愧于俄罗斯的伟大文学传统，在世界范围内也是出类拔萃的。

二〇〇八年八月八日

被冷落与被忽视的

常见有人以"被冷落""被忽视"之类词儿来说某些书。其中包含两层意思，一是评价偏低，一是读者偏少。前一方面有赖专家评判，我辈不宜置喙，这里也不适合讨论此种问题。后一方面亦应细加分析。其曲弥高，其和弥寡，理所当然。《哈德良回忆录》的作者尤瑟纳尔就曾说过："我料想读这本书的人不到十个。我从来不指望人们会读我的书，原因很简单，我觉得大多数人对我关心的事情并不感兴趣。"虽然文学史上不乏曲高和亦众的事儿，《哈德良回忆录》本身即为一例。若斯亚娜·萨维诺著《玛格丽特·尤瑟纳尔》有云："普龙出版社在一九五一年至一九五八年间，以不同版本，发行了九万六千五百

175

册《哈德良回忆录》。此后伽里玛出版社负责出版玛格丽特·尤瑟纳尔的所有作品，截至一九八九年，该书一共印行了八十二万一千八百七十册。"然而此乃可欲不可求者，无法推而广之。当然另有一种情况：作者曲意逢迎，读者却不买账。可这好像又不值得我们特为申说。

我另外想到几本书：一是王尔德的《道连·格雷的画像》，二是伍尔夫的《奥兰多》，三是毛姆的《寻欢作乐》，四是纳博科夫的《绝望》，五是格林的《布莱顿硬糖》。类似作品还可举出一些，不过列几本也就够了。它们都是好看的名著，而且非常好看，阅读时常有一种提升智慧的愉悦。因此，我觉得读者好像应该再多一点儿。尽管谈不上"被冷落"或"被忽视"，但我还是想提出这几本来，比起那些大家不大可能读的书，大概更切合实际罢。

二十多年来，我有不少原来读书的朋友没兴趣读书了，很少有原来不读书的朋友添了这方面的兴趣。时代趋势如此，恐怕难以挽回。不过话说回来，假如读书爱好逐渐衰落，"好看"应该是最后消失的乐趣；假如此一爱好逐渐萌生，"好看"应该是最先出现的诱惑。此所以我常常以此为由，推荐几本书。虽然我并不相信，某几个人说点什么，大众口味可能随之改变。这也是我对于"被冷落""被忽视"之类说法，多少有所置疑的地方。说穿了只能是个别朋友之间，提供信息、交流感想而已。我读过一本《简·奥斯丁书友会》，描写几位读者每月聚会，探讨奥斯丁所著六部作品。也许在那种场合说到类似话题，较为合宜。假如有朋友愿意这样谈论王尔德、伍尔夫、纳博科夫、格林或毛姆，我倒真想参与其间。

关于读书，可以再讲几句。古人说"书中自有黄金屋""书中自有颜如玉""书中自有千钟粟"，这样的话现在肯定说不上了。甚至读书愈多，可能离"黄金屋""颜如玉""千钟粟"愈远。然而假如只有这些，人生总归缺点什么，那就是惟独读书所能弥补的了。过分追求实用，可能放弃了读书之于人生的最大益处。《庄子·外物》有云："惠子谓庄子曰：'子言无用。'庄子曰：'知无用而始可与言用矣。天地非不广且大也，人之所用容足耳。然则厕足而垫之致黄泉，人尚有用乎。'惠子曰：'无用。'庄子曰：'然则无用之为用也亦明矣。'"读书的道理正是如此。

二〇〇八年二月十五日

关于牺牲

周作人对待自己两位兄弟婚姻的态度，常为后来论家非议。记得十年前，我与《鲁迅与周作人》一书作者也曾谈及这个问题。该书有云，周作人"站在女权的角度，来思考人类的婚恋，不可谓不深刻。鲁迅的南下，周作人同情的是朱安，在他看来，鲁迅此举，多源于欲，而非爱。此事拯救的是鲁迅，牺牲了的是朱安。……问题是，鲁迅与朱安的结合，在道义上是否合于人性？倘这个前提不弄明，结论便不好下"。我提到《晨报副刊》曾有关于旧式婚姻中"谁是牺牲"的争论，当时周作人说："世间万事都不得不迁就一点；如其不愿迁就，那只好预备牺牲，不过所牺牲者要是自己而不是别人：这是预先应该有的决心。倘或对于妻儿不肯迁就，牺牲了别人，对于社会却大迁就而特迁就，那又不免是笑话了。"（《离婚与结婚》）此话讲在兄弟失和、鲁迅南下之前，但也可以移来回答作者的疑问。

周作人的妇女观，特别受到英国学者凯本德所著《爱的成年》一书影响。凯氏说："女子的自由，到底须以社会的共产制度为基础；只有那种制度，能在女子为母的时候供给养活她，免得去倚靠男子专制的意思过活。"周作人指出，这说法"十分切要，女子问题的根本解决，就在这中间"（《〈爱的成年〉》）。以后更说："略略考虑过妇女问题的结果，觉得社会主义是现世唯一的出路。"（《〈知堂文集〉序》）在他看来，旧式婚姻中的男子若要争取自由，须得等到女子有可能获得自由之后；否则势必对处于弱势的女子构成更大伤害，而这就与过去男子专制的行为无甚区别，只是名义不同而已。也就是说，在《鲁迅与周作人》所说"前提"之前，周作人认为还得"弄明"一个更大的"前提"。

蔡元培任北京大学校长时，曾"提倡进德会（此会为民国元年吴稚晖，李石曾，张溥泉，汪精卫诸君发起，有不赌、不嫖、不娶妾的三条基本戒；又有不做官吏、不做议员、不饮酒、不食肉、不吸烟的五条选认戒），以挽奔竞及游荡的旧习"（蔡元培：《我在教育界的经验》）。周作人一九一八年一月二十三日日记云："上午往校进德会记名为乙种会员。"乙种会员即遵守基本戒，再加上不做官吏、不做议员两条选认戒者。又，与周氏兄弟同为五四新文化运动代表人物的钱玄同，其婚姻亦为旧式，据朋友讲，"他有时和我'雅'谈，说他也有些感到'鹅绒'（这又是他的常语，新文学作品中'天鹅绒的悲哀'之省略也），有时报告我：'今日我又掉了车轮子。'（古典'脱辐'二字之白话翻译也，因为他有时回家和太太言语罄扭。）可是他对于夫妇一'伦'，始终如一"。"有些朋友劝他纳妾，因为那时候法律并无明文禁止，在他家庭环境之下又是能许可的，但他拒绝说：'《新青年》主张一夫一妻，岂有自己打自己嘴巴之理？'"钱氏还说："'三纲'者，三条麻绳也，缠在我们的头上，祖缠父、父缠子，子缠孙，代代相缠，缠了二千年。'新文化'运动起，大呼'解放'，解放这头上的三条麻绳！我们以后绝对不得再把这三条麻绳缠在孩子们的头上！可是我们自己头上的麻绳不要解下来，至少'新文化'运动者不要解下来，再至

180

少我自己就永远不要解下来。为什么呢？我若解了下来，反对'新文化'维持'旧礼教'的人，就要说我们之所以大呼解放，为的是自私自利，如果藉着提倡'新文化'来自私自利，'新文化'还有什么信用？还有什么效力？还有什么价值？所以我自己拼着牺牲，只救青年，只救孩子！"（黎锦熙：《钱玄同先生传》）

一九三〇年，周作人在《中年》一文中首次提到"中年以来重新来秋冬行春令，大讲其恋爱"和"一个社会栋梁高谈女权或社会改革，却照例纳妾"，以后一再以此影射鲁迅。一九三七年二月九日他致信周建人说："王女士在你看得甚高，但别人自只能作妾看，你所说的自由恋爱只能应用于女子能独立生活之社会里，在中国倒还是上海男女工人猗姘头勉强可以拉来相比，若在女子靠男人畜养的社会则仍是蓄妾，无论有什么理论作根据。"——周建人与羽太芳子结婚并非家庭包办，与鲁迅、钱玄同的情况又有所不同。周作人这一态度系其一贯的妇女观使然，且未离进德会的立场，更与钱玄同的想法一致。

二〇〇八年十一月二十一日

181

一则以讹传讹的趣闻

去年周作人著《近代欧洲文学史》出版,前勒口印了一段宣传语:

"周作人《近代欧洲文学史》之目标,不在'客观描述'欧洲文学之来龙去脉,而在开启中国自身之'人的启蒙'。其一以贯之的核心精神,是所谓'希腊情结'。欧洲千年文学进程,被作者描绘为'希腊精神'之丧失与回归的历史,丧失期尽述其内涵之潜在生命,回归期则尽列其发扬光大之所在。所以本书被定性为'六经注我'之作,开启'中国启蒙文学'之作,'典型的以文学形式出现的自然人性论的教科书',被定性为'进入周作人思想世界的金钥匙',向读者展现了作者所具有的广阔的文化

视野。后来他以提倡'人的文学'和'思想革命'而成为
五四新文化运动的代表人物，与此不无关系。"

此话我觉得眼熟。原来袭自先前重印的周作人《欧洲
文学史》。那书封面有一段宣传语是：

"周作人《欧洲文学史》之目标，不在'客观描述'
欧洲文学之来龙去脉，而在开启中国自身之'人的启
蒙'。其一以贯之的核心精神，是所谓'希腊情结'。欧
洲千年文学进程，被作者描绘为'希腊精神'之丧失与回
归的历史，丧失期尽述其内涵之潜在生命，回归期则尽
列其发扬光大之所在。所以本书被定性为'六经注我'之
作，开启'中国启蒙文学'之作，'典型的以文学形式出
现的自然人性论的教科书'……被定性为'进入周作人思
想世界的金钥匙'。"

至于末尾添加的"向读者……"数十字，则是摘自我
为《近代欧洲文学史》所作序言。——我说这些，不是非
要批评这"一仆二主"的作法，假如两本书都适用，倒也
未尝不可，虽然稍嫌取巧。问题是这段话之于《欧洲文学
史》已有偏颇；之于《近代欧洲文学史》，简直风马牛不
相及。

这里只讲一点。周氏自己谈到《欧洲文学史》时说："这是一种杂凑而成的书，材料全由英文本各国文学史，文人传记，作品批评，杂和做成，完全不成东西，不过在那时候也凑合着用了。"(《知堂回想录·五四之前》)《近代欧洲文学史》同样如此。假如连"'客观描述'欧洲文学之来龙去脉"都做不到，何以满足北京大学"希腊罗马文学史"和"欧洲文学史"课程之"用"呢。《欧洲文学史》和《近代欧洲文学史》成书在将近九十年前，对于相关内容，我们今天的了解兴许超出这两本书的介绍范围；书中所介绍的作品，不少已经译为中文，我们的理解可能更为全面。即以现在的视野和眼光来看，该提到的作家和作品这里几乎都提到了，不必提的也就没提，而且每位作家、每部作品所占篇幅适当，相关评价亦到位，是以篇幅无多，信息量却不小。我曾说，周氏难能可贵之处，在于没有现成"母本"，仅凭杂览群书，居然编出一部条理清晰、内容丰富的文学史来，国内后出类似著作，未必能够完全替代。如果读过这两本书，当知所谓《欧洲文学史》《近代欧洲文学史》"之目标，不在'客观描述'欧洲文学之来龙去脉，而在开启中国自身之'人的启蒙'"，以及"'六经注我'之作，开启'中国启蒙文学'之作，'典型的以文学形式出现的自然人性论的教科书'"云云，纯属向壁虚构。

话说到这儿也就完了，然而事情还没有完。去年《南方人物周刊》某期载题为《宇文所安：中国古诗里有人与人的交流》的采访记有云：

"人物周刊：最近新发现的周作人的《近代欧洲文学史》，跟他的《欧洲文学史》一样，目标'不在客观描述欧洲文学之来龙去脉，而在开启中国自身之"人的启蒙"'。您怎么看这种带有明确意图或使命感的文学史写作？

"宇文所安：这在周作人时代可能是好的目标，但是现在中国应该是世界文化和世界文学更活跃的参与者，而不应该仅仅只是关注自身。人们应该学习世界文学，因为世界文学对全世界的公民都很重要，也非常引人入胜。欧洲是世界的一部分，中国也一样。"

显然提问一方并未读过此书，仅据出版社的宣传语乱问；回答一方也未读过，就着问者的话题发挥。"子曰：'道听而涂说，德之弃也。'"（《论语·阳货》）其斯之谓欤。

二〇〇八年四月九日

185

周作人与章士钊

余斌《周作人晚年窘境一斑》(载二〇〇七年《万象》第十一期)一文云:"据《周作人年谱》,一九四九年后周与章士钊似并无联络……"其实《年谱》于此失载之处,早经陈子善《成就与不足——〈周作人年谱〉增订本略评》(载二〇〇〇年十二月十三日《中华读书报》)一文指出。陈文抄录了周作人"甲午仲春二日"即一九五四年三月六日所作七绝《口占赠行严先生》二首:"甲子年间旧甲寅,追怀琐事倍思君。闭门不管千夫指(不用鲁迅诗语),写出新诠酉轶文。 侃侃当廷论冀东,书生毕竟是英雄。若将形迹求同志,绝倒汪江有二庸(江庸律师为汪庸斋辩护)。"并说:"周作人在二十年代'女师大事件'

186

中与乃兄鲁迅站在一起，与'老虎总长'章士钊对抗，这是文学史上颇为有名的一桩公案。时光飞逝，到了五十年代，章、周两人的身份和地位发生了戏剧性的变化，周作人还是与章士钊'相逢一笑泯恩仇'。"按，周氏后一诗系咏章士钊一九四六至一九四七年间在南京首都高等法院刑事庭担任殷汝耕之辩护律师事，同时章氏还为周佛海等辩护（均见《审讯汪伪汉奸笔录》，江苏古籍出版社一九九二年七月第一版），周作人章士钊晚年"化敌为友"，或与这不无关系。余文恰有"二人之间身份悬殊，什么'相逢一笑泯恩仇'之类，根本谈不上"之语，若知此节，一番议论大概要做些推敲了罢。

无独有偶。许宏泉《章士钊：孤桐不孤》（载二〇〇八年《书城》第十一期）一文亦云："一九四九年后，章士钊作为最高领袖的座上宾，很多昔日的友人都会想到通过他同上面说说话，当然，目的各有不同。一九六六年，生活艰难的周作人也无奈修书与章氏。从现有文献来看，一九四九年后周与章似并无交往。周当然是出于无计才会硬着头皮希望通过他上达天听。……回想'三一八'事件当年，周作人深恶痛绝'章士钊之流'，大抵《甲寅》之始，周作人的笔就直指这位身为北洋政府教育总长的'大虫'。如今，周氏之举，不能不说是'苟全性命'的走投无路之为吧。"证以周诗，这节文字也得打些折扣。"说有易，说无难"，正好用在这里。附带说一句，"大抵《甲寅》之始，周作人的笔就直指这位身为北洋政府教育总长的'大虫'"，稍嫌淆乱。章士钊以段祺瑞政府司法总长而兼教育总长是在一九二五年四月，《甲寅》周刊出版是在一九二五年七月，此前章氏还办过《甲寅》月刊（一九一四）、《甲寅》日刊（一九一七）。周作人首次对"章总长"有所讥讽，见一九二五年四月十一日《京报副刊》载《非逻辑》一文，至五月四日该报载所作《论章教长之举措》，斯可谓"直指"矣。

二〇〇八年十一月十七日

188

"没有好久"之类

　　博闻强记，世所艳羡，我却始终存疑，非但自愧弗能也。近阅报刊，黄裳《漫谈周作人的事》（载二〇〇八年五月二十五日《东方早报》）一文云："如《苦茶随笔》中《岳飞与秦桧》篇，为吕思勉辩，引俞正燮说，以为幽默，'真真妙绝'；又引鼎鼎有名的宋代大儒朱熹的几句话作证，说明南宋当时公论不过如此。岳飞也不过是一名'军阀'，其声名全由小说《岳传》造成。又在别处说，文天祥辈不可学，因为殉国只可以亡国为前提，才能学得像。没有好久，又在《道义之事功化》（《知堂乙酉文编》）一文中引近人洪允祥《醉余偶笔》一节话，'甲申殉难录某公诗曰，愧无半策匡时难，只有一死报君恩。天醉曰，没

189

中用人死亦不济事，然则怕死者是欤？天醉曰，要他勿怕死是要他拼命做事，不是要他一死便了事。'大为称赏，以为'精语'。"

按，周作人《岳飞与秦桧》写于一九三五年三月，《道义之事功化》写于一九四五年十一月，相隔十载有余。他曾不止一次引述洪允祥那节话，包括同收《苦茶随笔》之《关于英雄崇拜》(正文一九三五年四月作，附记至迟写于当年六月)，这才说得上"没有好久"。

又《鲁迅的题辞》(载二〇〇八年九月十二日《文汇读书周报》)一文云："鲁迅深惜半农晚年陷于写滥古文、打油诗的恶趣，现在看到他又拾起'语音学'的老本行，作学术研究，自然是高兴的，称之为'新作'，微意自见。"

按，"鲁迅深惜半农晚年陷于写滥古文、打油诗的恶趣"，本诸鲁迅《忆刘半农君》"从去年来，又看见他不断的做打油诗，弄烂古文"，"去年"即一九三三年，当年起《论语》连载刘半农《自批自注桐花芝豆堂诗集》，而《人间世》连载《双凤凰砖斋小品文》，已是一九三四年的事了。《梅兰芳歌曲谱》上所谓"鲁迅题辞"既署"一九三十

190

年"，如何能预先"深惜""高兴"。此中"微意"，碍难
"自见"。

二文皆声辩之作，奋笔疾书，容无暇查考。抑或
亦"意图先行的绝妙写照"欤。至于《梅兰芳歌曲谱》
鉴别事，先前在《鲁迅·刘半农·梅兰芳》（载《读书》
二○○八年第八期）中说"据我看，刘半农的手迹是无疑
的真品，但没有上款，这中间透露了他与鲁迅之间的关系
在上世纪三十年代的微妙情况""刘半农的不忘旧情、不
计新怨，题句相赠，而不敢写上款的心情，也隐约可见
了"，如今《鲁迅的题辞》却说："对《歌曲集》上刘半
农的题辞，没有谁认为是伪作。其实其不合规格，吞吞吐
吐，欲说还休，不敢写上受赠者的名字，这一切都是老大
作伪的证据"，自相抵牾；归结为"而作伪嫌疑人一仍其
旧，没有作任何补救的手脚，却反而证明原件不伪"，则
迹近牵强。

作者另有《我的集外文》一篇（收《来燕榭集外文
钞》），以"如能从敌人手中取得逃亡的经费，该是多么
惊险而好玩的事"交代为《古今》撰稿事；以"关于周作
人，在《古今》上竟留下了三篇文字"交代其中的《读

知堂文偶记》《读〈药堂语录〉》《关于李卓吾——兼论知堂》，颇用心思，与前举数例自不可同日而语。然此文云："当时周作人刚刚落水，成为轰传一时的新闻人物，当然也是我们的关注所在，特别是几位从北平来沪的燕京学生，在DD's咖啡馆中闲聊中也多以此为话题。我们对周还抱着'卿本佳人'的惋惜之感，特别留意他出版的几本新书。看见他怀念陆放翁的打油诗，对炒栗子故事的再三提起，觉得他很有点像吴梅村，却远不及梅村反省得爽直痛快，正如他自己所说，好像有虫在心里蛀似的。"回过头去读《古今》上那三篇文章，好像并不是这么回事儿。新近面世的《爱黄裳》一书，有一篇亦谈到"《古今》上发表的《读知堂文偶记》和《读〈药堂语录〉》，文中多有褒赏，看不到他对知堂的反感。到了一九四六年作《更谈周作人》，言辞便有义愤"。盖"人无完人""不惜以今日之我与昨日之我战"本属寻常，强为弥缝，类乎急起反驳，难免顾此失彼。

二〇〇八年九月十四日

192

后园诗话

　　朱子家即金雄白著《汪政权的开场与收场》(香港春秋出版社一九六三年出版)一书第一七五节，题曰"周作人吟诗哀悼林柏生"，有云："柏生与周作人同羁一处，当其死后之六日，曾作七绝一首以哀之云：

　　　　感逝诗　　知堂老人

　　当世不闻原庾信，今朝又报杀陈琳。

　　后园恸哭悲凉甚，领取偷儿一片心。

诗后附以短跋云：'林石泉同室有外役余九信，闻石泉死耗，在园中大哭。余年十九岁，以窃盗判徒刑三月。十月十四日作。'石泉，是柏生发表文字时的别署。"

　　这是周作人此诗首次揭载。鲍耀明一九六四年五月

193

二十八日致信周氏，告知其事。周作人于六月八日复信云："承示金雄白的记事，此诗记并未示人，不知外间何以流传，报人之采访手段亦深可佩服也。"

周作人《知堂杂诗抄》（岳麓书社一九八七年一月出版）一书未收此诗，其中《老虎桥杂诗补遗（忠舍杂诗）》共十三首，有小序云："前录杂诗多所遗弃，近日重阅，觉得亦是前尘梦影，遗弃亦属可惜，因复加甄录数首，其比较尖刻者仍在删薙之列，唯首尾二章悉仍其旧，盖所谓箭在弦上之势也。"《感逝诗》显然"仍在删薙之列"。陈子善为该书所辑"外编"，也未收录。

张菊香、张铁荣编《周作人年谱》（南开大学出版社一九八五年九月出版）"一九四六年十月十四日"项下有云："因八日同室汉奸、汪伪国民政府宣传部部长林柏生被处决，作七绝一首：当世不闻原庾信，今朝又报杀陈琳。后园痛哭悲凉甚，领得偷儿一片心。"或采自《汪政权的开场与收场》，但略去题目，第三、四句各有一字不同，且未录下跋语。

以后钱理群《周作人传》（北京十月文艺出版社一九九〇年九月出版）、倪墨炎《中国的叛徒和隐士周作人》（上海文艺出版社一九九〇年七月出版）均引有此诗，文字全同《周作人年谱》，当系据此抄录。钱著云"这年（一九四六年）十月，同室的汉奸、汪伪国民政府宣传部部长林柏生被处决，周作人自然大受刺激。在长夜不眠中，赋诗一首"，倪著云"林被枪毙后，周作人怏怏有日，写了一首兔死狐悲的诗"，似皆据《年谱》所云演义而成，可能因为未见跋语，对于诗中本事，未免含糊其词。王仲三《周作人诗全编笺注》（学林出版社一九九五年一月出版）所收此诗，文字亦同《年谱》，而径署《无题》，有注云："偷儿，指在押犯有偷盗罪的犯人。"可知也未见《汪政权的开场与收场》。张菊香、张铁荣编《周作人年谱》后有增订本（天津人民出版社二〇〇年四月出版），上述内容并无补充。

河北教育出版社二〇〇二年一月出版《老虎桥杂诗》一书，所收较之《知堂杂诗抄》多三十余首。此系据谷林六十年代初抄本印行。谷林《曾在我家》一文云："伏老（按指孙伏园）又因听我说起此翁更有旧体诗一卷，便即走函往借，旋由周丰一送到。我遂据手稿为伏老过录一份，又自行抄存一份。"就中《忠舍杂诗》共二十一首，乃

195

是全数。内有《感逝诗》四首，有关林氏者列其二，对比《汪政权的开场与收场》所录，诗除第三句"恸哭"作"痛哭"外，其余均同，跋则少末尾一个"作"字。至此，该诗终于以本来面目完整地见诸内地出版物了。

然而尚有"后话"。倪墨炎《中国的叛徒和隐士周作人》增删为《苦雨斋主人周作人》（上海人民出版社二〇〇三年八月出版），于所录此诗之下，增加了一大段解说文字，其中有云："'后园痛哭悲凉甚，领得偷儿一片心'，是说他周作人为林柏生的遭遇，在放风时暗暗痛哭一场，只有一起在监狱里坐牢的小偷来劝慰他。"耿传明《周作人的最后22年》（中国文史出版社二〇〇五年五月出版）则云："一九四六年十月某一天，与周作人同住一室，以往交往又很密切的汉奸、汪伪国民政府'宣传部部长'林柏生被处决。周作人大受刺激。惶恐之下，长夜难眠，居然又赋诗一首：当世不闻原庾信，今朝又报杀陈琳。后园痛哭悲凉甚，领得偷儿一片心。……顺便说一句，林柏生被枪决后，因盗窃罪给关起来的小偷潘同根，因为和林在狱中处得不错，在半夜为林哭泣，由此引发了知堂老人的悲感，才写下了这首意味深长的诗。"

这就很有意思。倪氏修订旧作，时已印行的《老虎桥杂诗》却未寓目，想当然地把"痛哭"者附会为周作人自己，"放风""劝慰"更属无稽。耿氏则似乎连《周作人年谱》也没看过，所以才说"某一天"；所云只是据钱理群《周作人传》再行演义。至于为何把"偷儿"错成潘同根，大概是《知堂杂诗抄》里另有一首《瓜洲》，跋语云"潘同根年二十岁，父系舟人，六岁丧其母，以为窃盗担物，判处徒刑三个月，在老虎桥任挑水送饭之役，颇得人怜"，于是就把这角色安在他的头上了。据《知堂回想录》，当年南京老虎桥监狱"当外役的都是那些短期拘禁的犯窃盗小罪的人"，而此类"偷儿"不止一个，为林柏生之死"痛哭"者乃余九信而非潘同根也。

我讲这些，是想藉此重温胡适说的"有一分证据说一分话"，虽然所涉及的事情似乎微不足道。

二〇〇九年二月十五日

197

苦竹诗话

  周作人一九三四年访问日本时，岛崎藤村相邀小饮，"饭后，主人要了来几把摺扇，叫大家挥毫做个纪念"。周氏拿的那把上，岛崎抄录了一首短歌，"此系西行法师所作，见《山家集》中，标题曰题不知，大意云，夏天的夜，有如苦竹，竹细节密，不久之间，随即天明。在《短夜的时节》一文中也引有此歌，大约是作者很喜欢的一首，只是不可译，现在只好这样且搪塞一下"。周氏这篇回忆文章题为《岛崎藤村先生》，写于一九四三年八月二十三日，同年十月发表于《艺文杂志》第一卷第四期，收入北平新民新书馆次年一月印行的《药堂杂文》。

  一九四四年八月出版的《杂志》第十三卷第五期，有张爱玲的一篇《诗与胡说》，其中云："周作人翻译的有一首著名的日本诗：'夏日之夜，有如苦竹，竹细节密，顷刻之间，随即天明。'我劝我姑姑看一遍，我姑姑是'轻性知识分子'的典型，她看过之后，摇摇头说不懂，随即又寻思，说：'既然这么出名，想必总有点什么东西罢？可是也说不定。一个人出名到某一个程度，就有权利胡说八道。'"

两相对照，译诗的第一句和第四句，各有两个字不同。刘铮君近作《张爱玲记错了》，将此列为一例。我倒有点儿怀疑：当时南北信息不通，譬如纪果庵说"战后《药味集》为南方不易见到者"（《知堂先生南来印象追记》），沈启无也说"张爱玲的文章，我读过的没有几篇，北京书摊上还没有《传奇》卖"（《南来随笔》），张爱玲"记错了"，必得看过周氏的文章，《艺文杂志》和《药堂杂文》都是北方的出版物，身居上海的她恐怕不大容易见到。

《诗与胡说》发表两个月后，一本叫做《苦竹》的杂志在南京面世。——胡兰成《今生今世》云："汪先生去日本就医，南京顿觉冷落。我亦越发与政府中人断绝了往来，却办了个月刊叫'苦竹'，炎樱画的封面，满幅竹枝竹叶。"斜贯封面的大竹竿上，印着"夏日之夜，有如苦竹，竹细节密，顷刻之间，随即天明"，恰恰与"张爱玲记错了"的一字不差。而杂志取名"苦竹"，亦出典于此。在估计是胡兰成所写《编后》中，还有一番议论："'顷刻之间，随即天明。'我知道，这'顷刻'，它有一点让人不好受；一面在等，一面在惊异志忑，你的手正有一点儿颤，然而心可是快乐的，一种很大的快乐，——在恐惧中，不安中，还没有脱出，可是准得要脱出了。"

或许要说，胡兰成和炎樱所依据的，正是"张爱玲记错了"者。然而，《苦竹》第二期上，沈启无《南来随笔》一文云："也就是去年秋天的现在，我在朋友的家里，他要我写一首日本人的诗，'夏日之夜，有如苦竹，竹细节密，顷刻之间，随即天明'。这真是一首好诗，表现日本人朴实的空气，译成中文，我们也很得一个了解。中国诗里有'雨止修竹间，流萤夜深至'的句子，空气也好的，只是单薄一点，不如这夏夜苦竹，是从生命发出来的，有一种单纯的力动的美。我没有看见过苦竹，也许见过而不认得，竹细节密这一句，给我一个轮廓的认识，夏夜诗人的情感，从这一句而表现完全，细密的，顷刻的，然而当下却是一个完全，随即天明，也正是一个完整的光辉。于是苦竹子独立存在，而诗人也不在这夏夜以外。"从上下文看，这里所说的"朋友"是胡兰成。《沈启无自述》（黄开发整理，载《新文学史料》二〇〇六年第一期）有云："一九四三年冬，我参加南京伪宣传部召开的全国作家协会筹备会议，认识了胡兰成。"据张泉《抗战时期的华北文学》，沈氏乃系十月成行，即"去年秋天的现在"也。

原来那时"夏天的夜""不久之间"已经改成"夏日之夜""顷刻之间"了；所谓"张爱玲记错了"的，正是沈启无为胡兰成写的这一首；而印在《苦竹》封面上的，出处也在这里。非得找出谁"记错了"的话，应该是沈启无，但是其间好像又经过一番推敲。沈氏不懂日文，所以只能是据周泽改，而非重译。不过要说改得好，倒也未必。"夏日之夜"似不如"夏天的夜"朴拙；"不久之间"有个过程，"顷刻"则未免与"随即"重复。周作人说"现在只好这样且搪塞一下"，也许是谦辞罢。

二〇〇八年二月十六日

"水的冷暖只有马儿知情"

　　谈起今年的"文化事件"，竟有两桩关乎"张爱玲"这个名字：一是电影《色，戒》上演，一是台湾皇冠与内地几家出版社的版权官司。然而在我看来，李安的电影与张爱玲的小说是两码事，由王佳芝与易先生扯到张爱玲与胡兰成，更属无稽之谈。有关《色，戒》的创作过程，同样做不出什么文章。一九八三年《惘然记》出版，张爱玲在卷首写道："这小说集里三篇近作其实都是一九五〇年间写的，不过此后屡经彻底改写，《相见欢》与《色，戒》发表后又还添改多处。《浮花浪蕊》最后一次大改，才参用社会小说做法，题材比近代短篇小说散漫，是一个实验。这三个小故事都曾经使我震动，因而甘心一遍遍改写这么些年，甚至于想起来只想到最初获得材料的惊喜，与改写的历程，一点都不觉得这其间三十年的时间过去了。爱就是不问值得不值得。这也就是'此情可待成追忆，只是当时已惘然'了。"明明是三篇小说一起讲的，反复修改也只为了艺术完善；论家单单拈出《色，戒》，把"爱就是不问值得不值得"移用于王佳芝，未免可笑。

至于这回的版权归属纠纷，假如其中的"权利"可以分开来看的话，"权"还与张爱玲相关，"利"则已无干系：她死于一九九五年，丈夫赖雅早逝，没有子嗣，姑姑和弟弟又相继去世，连可能是遗嘱继承人之一的宋淇也作古了，现在是出版社与出版社之间为此打着官司。此案尚未定谳，旁人无须多言。

其实张爱玲的版权问题，在她生前已屡屡发生。张爱玲曾有几篇作品登在报刊上，有的还没写完；她"悔其少作"，希望它们尘封、湮灭。却不料被研究者一一找着，重新发表出版。张爱玲甚感烦恼，一再申说："去年唐文标教授在加州一个大学图书馆里发现四〇年间上海的一些旧杂志，上面刊有我这两篇未完的小说（按指《连环套》《创世纪》）与一篇短文，影印了下来，来信征求我的同意重新发表。……非常头痛，踌躇了几星期后，与唐教授通了几次信，听口气绝对不可能先寄这些影印的材料给我过目一下。"(《〈张看〉自序》)"此外还有两篇一九四○年间的旧作（按指《多少恨》《殷宝滟送花楼会》）……最近有人也同样从图书馆里的旧期刊上影印下来，擅自出书，称为'古物出土'，作为他的发现；就拿我当北宋时代的人一样，著作权可以径自据为己有。口气中还对我有本书里收编了几篇旧作表示不满，好像我侵犯了他的权利，身为事主的我反而犯了盗窃罪似的。"(《惘然记》)"前些日子有人将埋藏多年的旧作《小艾》发掘出来，分别在港台两地刊载，事先连我本人都不知情。这逆转了英文俗语的说法：'押着马儿去河边，还要揿着它喝水。'水的冷暖只有马儿知情。听说《小艾》在香港公开以单行本出版，用的不是原来笔名梁京，却理直气壮地擅用我的本名，其大胆当然比不上以我名字出版《笑声泪痕》的那位'张爱玲'。"(《〈续集〉自序》)现在常在人口的"盗印""著作权""版权保障"，她早就讲到了。

张爱玲说："我无从想象富有幽默感如萧伯纳，大男子主义如海明威，怎么样应付这种堂而皇之的海盗行为。……如果他们遇到我这种情况，相信萧伯纳绝对不会那么长寿，海明威的猎枪也会提前走火。"她所做的，只是认真修改自己这些本不满意的作品，免得"谬种流传"——用她的话说就是"盗印在即，不得已还是自己出书"。《张看》《惘然记》《余韵》《续集》等集子，多少都是此种"维权"产物。唯一的例外，是一九八四年唐文标编《张爱玲资料大全集》出版，其中包括《封锁》《红玫瑰与白玫瑰》《桂花蒸阿小悲秋》等作品的"初刊本"，与作者最后定稿有不同程度的差别。张爱玲许是忍无可忍，委托皇冠出版社代为交涉。那书后来停止发行。没听说她为此类事情打过官司，这大概是今天的人所难以理解的。张爱玲常被形容为"精明"，其实还是老派人。作为一位对作品负责的作家，她更关心的显然是别一方面。

二○○七年十二月二十九日

从童年说到"编辑之痒"

刘茁小朋友编了一本"家庭读书杂志",叫做《三余书屋》,每期只印四十册,已经要出第三回了。她叫我写篇关于童年的文章。可是我的童年乏善可陈,连想看的书也看不着。——那么就说说这个罢。那时我最想得到的,是一本词典。起初只有《新华字典》,只好拿"毛选"四卷篇末的注释充当词典看了。直到一九七三年,才到手一册《现代汉语词典》。卷首"说明"云:"这是一九六五年排印的《现代汉语词典(试用本)》送审稿本,当时印数不多,送审范围很小。为了更广泛地征求意见,同时以应广大读者的急需,现在用这个稿本的原纸型,增加印数,内部发行。"我当然在"急需"的"广大读者"之列;

至于"内部发行"而我家如何买到，不得而知。"说明"又云："这个稿本是'文化大革命'前编写的，不论是政治思想性方面，还是科学性方面，都会存在很多错误和缺点。"我可管不了这些。记得最先查找的是"错误"和"缺点"，想搞清楚区别何在。原来一是"不正确"，一是"欠缺和不完善的地方"。这真是太有意思了。自此一有空儿，就打开这书，想起什么就查什么，甚至毫无目的地随便翻看。回想起来，这要算是我当年的最大乐趣了。

我曾经写文章说，我不以为文学、哲学、历史等中有哪一本非读不可，世间要是真有什么"必读书"，那也只能说是词典了。自忖并非妄言。近来我在编张爱玲的书，出版社的编辑告诉我，沈昌文从前引用过张爱玲《编辑之痒》中的话，而这篇文章向未收入她的书中。我打电话给沈公，很快就收到他寄来的当年台北《联合报》登载该文的复印件。想必家中资料理得整整齐齐，恰如前人所言，"即在极小处前辈亦自不可及也"。张文有云："英文名言有'编辑之痒'（editorial itch）这名词。编辑手痒，似比'七年之痒'还更普遍，中外皆然。"我想"痒"的对立面是"麻木"罢，说来都容易误事；对待麻木无计可施，对待痒却有办法，就是一经发生"编辑之痒"，赶紧去查词典，看看自己痒得对不对头，而不至于乱改一气。

且举两个例子。一是我的《远书》第九十至九十一页有一段话："其实这个道理，胡适早讲得清楚：'在论理学上，往往有人把尚待证明的结论预先包含在前提之中，只要你承认了那前提，你自然不能不承认那结论了：这种论证叫做丐辞。……丐辞只是丐求你先承认那前提；你若接受那丐求的前提，就不能不接受他的结论了。'（《评论近人考据〈老子〉年代的方法》）王文也属于'丐辞'。用我们平常的说法，就是不讲道理。此实为当今文章一大弊病，文采欠佳甚至文字欠通倒在其次。"其中所有"丐"字，印出来都变成了"丐"。同书九十五页，"丐辞"亦被改为"丐辞"。《辞源》：丐，乞求。《辞海》：丐，遮蔽。"丐辞"的意思，即如胡适所说"丐辞只是丐求你先承认那前提；你若接受那丐求的前提，就不能不接受他的结论了"。若作"丐求""丐辞"，则不通了。

二是我看报上有篇文章，引康嗣群《周作人先生》的话："在被称作侧座的房里，悬着平伯君所写的'煅药庐'，很娟秀的一笔字，正如其人。"其中"煅药庐"，

208

一九三四年十二月北新书局《周作人论》所收康氏此文，作"煆药庐"。周作人自己的书中，"煆药庐"首见于一九三二年十月开明书店《看云集》之《〈冰雪小品选〉序》，以后他的书凡此等处均作"煆"，不作"煅"。我给朋友写信讲到此事，后来登了出来。有读者提出批评，断言"周氏室名中的这个'煆'字，实是'煅'的误写或俗字""如果历史上曾被某些书印成'煆'（包括周氏在世时印成的本人作品），则一定是'煅'的误认误排"。《辞海》：煅，同锻。锻（duàn），一，打铁；二，锤击；三，锻炼用的砧石；四，通"腶"，干肉。煆（xiā，又读xià），火气猛。见《广韵·九麻》。《方言》第七："煦煆，热也，干也。吴越曰煦煆。""误写"或"俗字"既不同音，又不同义，亦可怪也。而诸书手民当非一人，一概"误认误排"，未免过于麻木。也许除了"编辑之痒"，还有"读者之痒"或"作者之痒"。不过我大概暂时还得相信词典所说，尽管词典没准儿也会写错。

二〇〇八年九月二十五日

从"我与《开卷》"谈起

　　友人董宁文君给我出了个"我与《开卷》"的题目。《开卷》是一本"民刊",由南京凤凰读书俱乐部主办。三十二开,二十八页,每月一期,快要出满一百期了。国内类似民刊不止这一种,我常见到的有长沙的《书人》,十堰的《书友》,武汉的《崇文》,北京的《芳草地》《书脉》,济南的《日记杂志》,呼和浩特的《清泉》,上海的《博古》,进贤的《文笔》等,均为寄赠,并不发售。就中以《开卷》水准最高,也最稳定,虽是戋戋小册,却很耐读。办民刊的多是热心人,为不少作者提供了发表作品的机会;但多数"民"的味道尚嫌不足,好像非主流的"主流刊物"。相比之下,《开卷》最少此病。我希望《开卷》保持这一特点，我祝愿它办得长久。

由《开卷》衍生出两套公开出版的书，一是"开卷文丛"，前后出了近三十种，作者多为文坛老人，其中谷林著《淡墨痕》、李君维著《人书俱老》和范用著《泥土 脚印》，洵为传世之作；一是"我的"系列，包括《我的书房》《我的书缘》《我的笔名》和《我的闲章》四种。我曾打算就后一套书写篇文章，因家中有事未能写出。想谈的是，文人现今已经相当边缘化了，也许日趋绝种亦未可知；这里的几个题目，却正是文人特色之所在，说得上是彼辈此时所表现的一种姿态。

有关《开卷》，所要说的就是这些；至于"我与《开卷》"，只须交待一句：我是它的作者之一。

且来讲点题外话。春节前后，我读了《晨报副刊》影印合订本前七册，即孙伏园所编一九二一年至一九二四年部分。起初只为查点资料，继而想不如花点工夫通读一遍。《晨报副刊》脱胎于《晨报》原第七版，即如"出刊启示"所说："本报的篇幅原是两大张，现在因为论说、新闻、海内外通信、各种调查、各种专件以及各种广告，很形拥挤，几乎要全占两大张的篇幅；而七版关于学术文

211

艺的译著，不但读者不许删节，而且常有要求增加的表示，所以现在决定于原有的两大张之外，每日加出半张，作为'晨报附刊'；原来第七版的材料，都划归附刊另成篇幅，并且改成横幅以便摺钉成册，于附刊之内，又把星期日的半张特别编辑，专取有趣味可以寻娱乐又可魇智欲的材料，以供各界君子休假脑筋的滋养。"

借这套书时，有位编过报纸的朋友在场，说："这是中国最好的副刊。"不免让我有个先入为主的印象，读过之后却多少出乎意料。别说现在一般报纸的副刊了，就是几种读书杂志，也不是《晨报副刊》这个编法。第一，它涉及的方面很广，绝非"文艺副刊"可以赅括，而是兼及社会科学和自然科学，这从所设"读书录""译述""地质浅说""小说""诗""浪漫谈""戏剧研究""歌谣""游记""卫生浅说""科学谈""生物浅说""专著"等栏目即可看出；第二，不少文章内容颇专，譬如"地质浅说"之《火山与山脉的生成》（予仁著）、《岩石的系统》（予仁著）、《煤层怎么生成》（予仁著），"卫生浅说"之《病原论》（余幼尘著），"译述"之《社会进化之原理》（英人Hobhouse原著，少平译），"讲演录"之《地球和生物的

212

进化》（葛利普博士讲演，龚安庆教授口译，季瑜笔记）等均是，虽然标榜"浅说"，实则不是普及写法。以今日的眼光视之，《晨报副刊》分量够重，却不能说有多"好看"。即便每周日那一期，也是这样。鲁迅的小说《阿Q正传》就是在此连载的，首次归入"开心话"，第二次起特为另辟一个"新文艺"的栏目。周作人所译古希腊的对话《大言》《兵士》《魔术》，牧歌《情歌》《割稻的人》，拟曲《媒婆》，小说《苦甜》和日本古代的狂言《骨皮》《伯母酒》，在星期日的"古文艺"一栏刊出；所写《自己的园地》一辑文艺批评，则在"文艺谈"一栏揭载。以"专取有趣味可以寻娱乐又可魇智欲的材料，以供各界君子休假脑筋的滋养"来形容这些作品，恐怕我们难以接受。

《晨报副刊》当时颇受欢迎，影响巨大。回过头去看《出刊启示》"关于学术文艺的译著，不但读者不许删节，而且常有要求增加的表示"的话，不免感慨：有人说，有人听，无所不说，无所不听，真是启蒙时代才有的气象。《辞海》以"开发蒙昧"释"启蒙"，于"启蒙运动"则云："泛指任何通过宣传教育，使社会接受新事物而得到进步的运动。"这可以代表对此的一般看法，然而在我看

213

来，第一，似乎过于强调"给予"的一方，而轻视了"接受"的一方；我们常常以为启蒙是前者的主动作为，其实相比之下，后者的求知可能更具主动性，至少也是彼此间的互动。我前面的话，改成"有人说，有人听，无所不听，无所不说"，可能更为恰切。第二，"使社会接受……"所划范围过于大了，其实启蒙未必能够及于大众。形容启蒙，不如径用《孟子·万章上》所谓"先知觉后知""先觉觉后觉"，但说到底这还是精英内部的事儿。我读《晨报副刊》，颇能感到那时"后知后觉"的确强烈要求为人所"觉"，而"先知先觉"自是责无旁贷。

现在谈起《晨报副刊》，或许以为其主要贡献是传播新思想和推进新文学；然而介绍社会科学和自然科学的知识，当初同样是重点所在。从知识启蒙这一点上说，后来有份杂志堪可比拟，就是八十年代的《读书》。《读书》我曾每期必看，最留心冯亦代的专栏"海外书讯"和董鼎山的专栏"西窗漫笔"，我对外国文学尤其是美国文学的了解，多半得益于此；海明威、福克纳、诺曼·梅勒、阿瑟·密勒等人的名字，大概还是头一次听说。知道世间有这些作家，他们有什么作品，这才去一一找来读了。虽然后来重读冯、董两位所作，感觉内容多半已经过时，就像如今看《晨报副刊》那些介绍知识的文章一样。《读书》曾经有的影响毋庸多言，我想强调的是，它也是"求知—启蒙"的产物；"有人说，有人听，无所不听，无所不说"的话，用在这里同样恰当。

前些时有人说："为什么那么多人对《读书》不满？因为以前它是一本启蒙性的广泛的知识分子读物，现在成了小众的圈子化的同人杂志。"在我看来，此乃时势使然，归结为编辑方针有误，未免倒果为因。当"广泛的知识分子"不再有被启蒙的要求——其实是他们已经大众化了——"小众""同人"们只能讲给自己听了。"后知后觉"的启蒙时代过去，继之而来的是"先知先觉"自娱自乐的时代。在这个"自"——一群人，若干人，少数人或个别人——的范围之内，仍可相互交流，相互启迪。目下有"读书界"或"读书圈"一说，听来好笑，却反映了某种真实情况：读书已经成为一个"界"或一个"圈"里的事儿了，"界"或"圈"外的人对此不复关心。

当年孙伏园离开《晨报副刊》，另办《语丝》，恰恰是一份"同人杂志"。较之《晨报副刊》，《语丝》知识介

215

绍减少，言论发布增多，而这正是启蒙色彩转趋淡化的迹象。到了三十年代，废名、冯至办的《骆驼草》就更"小众化"和"圈子化"了。鲁迅批评说："以全体而论，也没有《语丝》开始时候那么活泼。"（一九三〇年五月二十四日致章廷谦）说来还是时势使然。周作人说："又见《中学生》上吾家予同讲演……云不佞尚保持五四前后的风度，则大误矣。一个人的生活态度时时有变动，安能保持十三四年之久乎？不佞自审近来思想益消沉耳，岂尚有五四时浮躁凌厉之气乎？"（一九三二年十一月十三日致俞平伯）也可以理解为看出今昔时代不同，一种必要的自我调整。

有关历史上每次启蒙时代兴起，议论很多；它的消歇，人们仿佛较少留意。所以消歇，各具原由，这里无暇细论；但有一点可以提出：启蒙只是一时之事，不会无止无休。启蒙时代告一段落，并非启蒙所要解决的问题业已解决，而是这些问题不再像过去那么受关注了。就现在的情形来说，思想问题实已与"广泛的知识分子"无甚关系；知识介绍则别有更为便捷的途径，但是那种旨在丰富自我、健全人生的"无为而为"的求知已被普遍放弃，转为一种更为实用的要求，而这与启蒙实际上已经无甚关系。

话说至此，可以再来谈谈《开卷》之类民刊。我觉得它们的出现，多少适应了社会风气由启蒙向着自娱自乐的转变；而就自娱自乐而言，民刊与正规出版的刊物无甚区别，反倒可能更纯粹一些，假如编者和作者不再以启蒙为己任的话。而我所谓多点"民"的味道，也是这个意思。

二〇〇八年二月二十二日

说"经典"

　　经典的判断标准，在我看来一是"历久而弥新"，二是"放之四海而皆准"。"历久而弥新"是时间概念，经典可以超越某个具体的时间限制。经典的寿命，可以超越其载体的寿命。陆德明《经典释文·序录》说，秦火之后，"伏生失其本经，口诵二十九篇传授"，是为《今文尚书》；章太炎《国学讲演录·经学略说》则说，"《诗》由口授，非秦火所能焚"。而现在一本书上了排行榜，大家抢着看，卖几十万册，但可能没过几个月就很少人看了，到了明年也许压根儿没人提了。这就是经典与非经典的区别。我一直主张不必读那些太新的书，没准儿你还没来得及读完，它已经过时了。

"放之四海而皆准"是空间概念，经典可以超越某个特定的空间限制。比如中国古代的《老子》《论语》，今天在西方有许多译本，说明它可以为完全不相干的民族所接受。外国的书也是一样，比如我们读简·奥斯丁的《傲慢与偏见》，再看看身边的人们，会发现相像之处太多了，说得上比我们自己写的小说还要真实呢。附带说一句，衡量经典只有一个标准，无论哪里，概莫能外。所谓"某某经典"，只是一种比喻，一种修辞手段。

　　经典作品被不断地重新出版，原因就在于其具有既不为时间也不为空间所局限的魅力，它能与古今中外的读者产生共鸣。中国古代有很多禁书，有些书一被查禁就失传了；但是《水浒传》《红楼梦》等也曾遭到查禁，为什么现在无人不知呢，原因之一就在于它们是经典，可以超越这些障碍。现在重新出版经典，既顺应历史的潮流，也满足读者的需要，当然值得赞同。但是这里也有一些问题。首先要分清什么是经典，什么不是。有些书不值得花大气力重新出版。常常有这种事情，出版社挖掘出某个作家，大加吹嘘，却不被读者接受。把不是经典的东西当作经典推出，往往没有什么效果。

其次，应该怎么对待经典。我国古代没有著作权的概念，对待经典，也就有些不好的做法沿袭下来。第一是造假，汉代以后伪书很多，譬如《孔子家语》《孔丛子》，还有著名的伪《古文尚书》等。有些是原来的书亡佚了，有些是原来根本没有这本书。第二是篡改，把原来的书改成另外一个样子。最典型的例子就是《四库全书》，可以说是对典籍的全面篡改。第三是掺假，这在中国也曾是很盛行的事。如《庄子》中《盗跖》《渔父》《说剑》《让王》这四篇，宋朝以后很多人都认为是假的。很多先秦的书都有类似情况，就连《论语》，也有人怀疑后五篇的真实性。第四是改名，如《老子》叫《道德经》，《庄子》叫《南华经》等。第五是删节，如明朝朱元璋不喜欢《孟子》里"民为重，社稷次之，君为轻"之类的话，就都给删去了。第六是续作，如续《红楼梦》就有好多种，《水浒传》《西游记》也有续书，有的续本甚至假冒作者的名义。

古人对待经典的上述做法，今天一仍其旧。比方说续写《围城》，伪造村上春树"情人"的书，将《枕草子》改名《日本格调》之类，至于找枪手改写现成译作以冒充新译本，就更常见了。不过，这些书商的伎俩，正规出版社一般不屑为或不敢为，出版社做的一件很不好的事情是删节。为什么删节，理由很多，概而言之是"不合时宜"罢。必须承认，一本书是个整体，它是那个时代的产物，不能要求它变成我们这个时代的产物。这应该是我们对待经典的基本态度。如果认定某本书不合时宜，最好的办法是暂不出版；既然出版，就应保存原貌。可以附加说明，但是不宜删节。譬如《金瓶梅》出个节本，说来什么也不是。

二十世纪前一二十年里，有些作家把外国戏剧的情节换成中国的背景，人物改成中国的名字，王尔德的《温德米尔夫人的扇子》、高尔基的《底层》，都有这种遭遇。这种事情不能说完全不可为，但我不认为是对待经典的好的态度。可以把改编后的作品看作改编者的作品，但不能当成原作者的作品。我们对待经典，不仅要利用它，还要尊重它。

时至今日，不少先秦典籍仍然真假难辩，乃是文化史上很惨痛的教训。"往者不可谏，来者犹可追"（《论语·微子》），这种事情我们不能再做。

二〇〇八年十月五日

221

说 "原创"

直到清朝后半叶，中国本土文学与引进的外来文学的分别仍然明显，中国的还是外国的很容易看出来，之后就不一样了。现在更是一个全球化的时代，本土文学和引进文学在形式上已经很难区分，若说其间存在所谓"竞争"，很大程度上是媒体夸大其词。

如果从大的方面来说，我们的文化好比一条河流，各种因素不断注入，为我所用，这叫"有容乃大"。现在我们的思想哪些是本土的，哪些是外来的，其实很难严格区分。中国有很多词汇是从国外拿来的，比如"社会主义""哲学""干部"等词来自日文，"逻辑"则是Logic的音译。佛教思想最初也不是中国的。从源头上来说，孔子、庄子、老子等的确是本土的，后来释迦牟尼、苏格拉底、达尔文、马克思、列宁、尼采、杜威、罗素、萨特、巴特、哈耶克等等不断传入中国，不断融入这条河流，越往后就越难区分。现在很多人强分什么是本土的，什么是外来的，我很怀疑所说"本土"是不是真的，其中有多少本土的因素。

人类文明是一脉相承的，从古至今，我们接受的是整个世界范围内的文化遗产，全球化更促进了这个接受过程。现在国与国、人与人之间的交流沟通非常容易。据说著了《中庸》的子思，差不多与苏格拉底处于同一时期，他们绝对不可能相互认识；当代中国一位搞哲学的却很容易认识一位外国哲学家，彼此之间可以方便地交流。这个区别我们不能忽略不计。

经常听人说，翻译的书出多了，本土的书就受排挤了，我并不以为然。说来"中"和"外"不能完全用语言来分，但同时它们也可以用语言来分。我的意思是，用中文写作的东西并不百分之百是中国的，而凡是变成中文的就是中国的了。比如《诉讼》《城堡》被译成中文，就是"弗兰茨·卡夫卡"的著作，而原来那个叫Franz Kafka

223

的捷克作家根本不知道有这么一回事。佛经早被列入"四库",就因为它已经是中国的东西了。我们现在把阿伦特或埃科的著作译成中文,它们也成了中国的书了。用中文写就的作品和被译成中文的作品,在形式上没有多大区别;而后者除了那种"硬译"之外,都是某个人——作者或译者——经过中文思维的产物。

古与今、中与外之间的界线不是不能逾越的。鲁迅受尼采影响很大,而尼采的思想被鲁迅接受后,它就作为鲁迅的思想来影响我们了,这超越了中国与德国之间的界线。当年罗曼·罗兰读了《阿Q正传》,为"可怜的阿Q"所感动,阿Q也超越了中国与法国之间的界线。我们有时觉得身边某些人与堂吉诃德、哈姆雷特很像,这些文学形象也已经超越了中西方之间的界线。

不强分古今中外,并不意味着否定原创性的存在。应该在一视同仁的水准上看待这一问题。譬如有些书未被引进,可是有人看了原文,他照着这个来写自己的书,这样的东西算是本土的呢,还是国外的呢。现在有不少中国作者写的外国人的传记、评传,就很让人怀疑。作者真有那个能耐搜集那么多原始资料么。假如没有下过这番功夫,

224

又怎么能写出具有原创性的传记、评传来呢。

此外有个"编译"的说法，也很容易混淆是非。"编译"这个词上世纪二十年代有人用过，但不是现在的意思，那时候"编"是编纂，"译"是翻译，是两件事；现在合并成一件事了。很多图书署名张三或李四编译，也不知道这书跟原来的书是什么关系，是摘录、改写，还是原样照搬，只为躲避版权玩个文字游戏而已。

外国文学作品被翻译成中文出版后，为中国的作者提供了模仿学习的参照物。我们许多作者就从立意、构思，甚至语言——当然是已经变成中文的语言——上"依样画葫芦"。比如《百年孤独》中译本出版后，不少号称原创的小说，开头都是："许多年以后，面对什么，某某将会回想起什么。"为何《百年孤独》翻译过来之前，没有作家这么写呢？那么《百年孤独》是帮助了我们，还是跟我们竞争了呢。正是从这个意义上讲，中国文学史——尤其是当代文学史——要加入翻译史的部分才算齐全。中国这二三十年来的文学，颇得益于翻译过来的外国作家的作品，其中如马尔克斯、博尔赫斯、杜拉斯、福克纳、川端康成、艾特玛托夫等，影响尤其明显。外国文学的引进促进了中国文学的发展，我们不能视而不见，像驼鸟把头扎进沙土似的强调自己的原创性。有些评论家阅读量往往有限，看见什么就说是原创的，不知道别人早已写过了。

这些年里引进的外国文学作品，不仅使我们开阔了眼界，也让我们了解了文学写作的不少模式与写法。去年《假如明天来临》的作者西德尼·谢尔顿去世，我对记者说，不妨将他称作"中国流行小说之父"。因为在谢尔顿、普佐和黑利等人的书介绍到中国之前，中国还不知道有"流行小说"这回事。这种小说有一套基本的构成要素和写作模式，我们正是从这些作家那里学来的，其中谢尔顿的影响尤其巨大。现在不少中国作家写的都是这路"流行小说"，有意无意地受到他的影响。

原创性不是一个简单的概念，它可以从多个层次和方面来把握。这有个基本前提，就是作者必须具有足够的视野、阅历和知识，必须知道什么是已经存在的。知道已经存在的东西之后，有两个选择：一是学，一是不学，不学才是真的"原创"。但说老实话，做到这点非常困难。无论是理论，还是小说、诗歌、戏剧，几乎已经不可能有人再写一本书，说一套话，意思一点儿都跟人家不一样了。

绝对的、完全的原创性，几乎是不存在的。因此我想提个最低标准：一篇文章里有一句真正属于自己的话，就有原创性。

什么才是真正属于自己的话呢。第一，不能只有一个来源，得兼容并蓄；第二，不能人云亦云，尤其不能总是站在"我们"的立场说话；第三，不能从现成的结论开始说话。第一点可能好办，第二点是个问题，第三点就更是问题了，而且也是这些年来我们最吃亏的地方。我们很习惯于把现成的结论领来，当成立论的依据。举个例子，五十年代曾经有过一次全国性的批判胡适的运动，出了一大套《胡适思想批判》。胡适说，也许除了他自己，没有谁把它们全部看过一遍。我感兴趣的则是，其中许多作者都是有名的专家学者，他们从上头领来一个胡适是坏人的结论，大家就想方设法说他怎么坏；过了几十年，胡适又变成好人了，这些人如何面对自己当年那番作为呢。类似的事情，在五十年代以后的中国思想界、学术界非常严重。逻辑学告诉我们：大前提一定是公理，小前提一定要与大前提相合，如此结论才能成立。而现在很多文章，大前提本身往往是需要论证的，却被拿来作为立论的依据。

这个道理，胡适早就讲过："在论理学上，往往有人把尚待证明的结论预先包含在前提之中，只要你承认了那前提，你自然不能不承认那结论了：这种论证叫做丐辞。……丐辞只是丐求你先承认那前提；你若接受那丐求的前提，就不能不接受他的结论了。"(《评论近人考据〈老子〉年代的方法》)让我们从避免"丐辞"来讲原创性罢。

强调原创性，必须首先理解什么是原创性。原创就是我们真的给这世界增添了一点新的东西。这未免太难了，所以我对"原创"一词一直存有敬畏。

二〇〇八年十月十三日

我的签名本

我曾听人说：列位赠书，请勿签名，因为送到旧书店不好卖。举座愕然。我也曾在中国书店见过自己的"签名本"，不过写了字的扉页给粘上了，对着光才看得出来。想起这本原系人家不久前指名索要，不禁失笑，插回书架。由此明白：别轻易赠书，尤其是对此兴趣不大者；亦别轻易索书，尤其是自己不感兴趣者。当然，相识或不相识的朋友送给我的书，我都好好放着，不会像上面两位。

现在要讲签名本，限于自家求人签名的，受赠者不在其列。迄今为止，我一共请过六位作者签名。中国人有三位。我与钱瑗有转弯抹角的亲戚关系，有段时间常去和她聊天。好像还是她提起让她父母签名的事儿。我当然愿意，把所买钱锺书和杨绛的书都给送去。再见面时，已签好了。钱瑗说，她父亲见书很新，还问是不是没有看过。钱氏所作七种，《管锥编》（第一册）、《谈艺录》、《七缀集》、《宋诗选注》、《围城》、《人·兽·鬼》和《写在人生边上》，都用毛笔写了"进文小友览存"或"进文小友存览"，下署"钱锺书"，印章各不相同。杨氏著译八种，《干校六记》、《将饮茶》、《关于小说》、《洗澡》、《喜剧二种》、《小癞子》、《堂吉诃德》（上册）、《吉尔·布拉斯》（上册），前六种写"进文小友存览""进文同志存览"或"进文同志览存"，后二种写"进文小友"，用的是圆珠笔，印章计有五种。我还有一本《春泥集》，系朋友"干没"图书馆的，没敢拿去，但对钱瑗讲了，杨绛似乎对此有所批评。她另送我一种香港文学研究社印行的《倒影集》，亦题署、钤印。买到《槐聚诗存》和《杂写与杂忆》时，我因工作冗繁，未及找作者签字。钱瑗和钱锺书去世后，杨绛又有《斐多》《我们仨》和《走到人生边上》问世，我都买了，还得着一套《杨绛文集》，但是不敢再打扰她。敬祝她老人家健康长寿。

另一位是侯孝贤。将近二十年前我看《悲情城市》，很受震撼，以后他导演的片子看了很多。侯氏自有艺术追求，且持之以恒，可与阿尔默多瓦、阿巴斯·基阿鲁斯达米、达内兄弟、杨德昌等相提并论，此间见利忘义或无义可言之辈，压根儿不足道。《最好的时光——侯孝贤电影记录》一书，所记录的与其说是侯孝贤不如说是朱天文，但侯孝贤来京签售此书，我还是得到一本。

外国作者也有三位。头一位是阿兰·罗伯-格里耶。在我看来，二十世纪下半叶，世界上没有比他更重要的作家。我曾在《影响我最大的十本书》中说："卡夫卡和博尔赫斯可以说是分别描绘了'有'和'无'两个世界。然而卡夫卡眼中的'有'的主体是人，罗伯-格里耶重新面对这一切，他看出来'有'的主体原来是物，从某种意义上讲正是更进一步。"后来通读他的作品，又写了《无意义之意义》，算是比较用心之作。二〇〇五年九月一日，偶阅报纸，得知当天上午他在国际图书博览会出席一个活动，遂匆匆带了他的《反复》和《快照集　为了一种新小说》，赶去展览中心。恰逢一位与我谈过翻译出版高更著作的法国使馆文化处的女士在场，遂托她帮忙。她向罗伯-格里耶略作介绍，我只听懂"高更"和"布列塔尼"两个词儿，大概涉及那出书计划，而罗伯-格里耶正是布列塔尼人。他热情地与我握手，他的手很宽厚，很有力。他在我带去的书上签了名字。我一直都为此感到幸福。今年二月十八日，罗伯-格里耶病逝，享年八十五岁。报上文章多有贬抑之词，我想人们大概还不能领会他的好处罢。

另外两位是翁贝托·埃科和奥尔罕·帕慕克，也是我特别喜欢的作家。我请埃科签了《带着鲑鱼去旅行》《悠游小说林》《开放的作品》《误读》和《波多里诺》，末了一册，环衬印着埃科的签名，被他划掉，另外手写一个，亦是有趣味处。请帕慕克签了《白色城堡》《伊斯坦布尔》《雪》《黑书》《新人生》和《寂静的房子》。《我的名字叫红》第一次印刷书衣用的是"泡泡纱"似的手揉皱纹纸，第二次印刷后改成书版纸；此外又有精装的"插图注释本"，共印两次，后一版环衬添加了作者自制的藏书票，插图亦根据他的意思换了几幅，这四个本子我都让帕氏签了。

这世界上，我希望得到签名的作者另外还有几位，机缘不到，且俟来日。此刻想说的，是"但愿人长久"这个意思。

二〇〇八年五月二十六日

感逝篇

谷林先生去世前几个月，我没能去看他，除一直为脊柱病痛所苦——他最后一封来信中有"知道你'艰于起坐'，殊不安。……老伴与你同病，竟日卧床，已约两年"之语；再就是想等我的《周作人传》出来，给他送去。先生恐已无力通读，但随便翻一下也好，哪怕只是看看模样呢。可是这书迟迟不能印成。及至样书到手，已经来不及了。十几年前父亲去世，我曾说：父亲不在了，我感到特别寂寞，这寂寞令我窒息，很多应该和他说的话也只能说给自己听听。人生若形容是出戏的话，它至少是要演给一个人看的，父亲去世以后我才明白这一点，可我的戏还得演下去。现在这样的话又要重说一遍，然而大概也是最后

233

一遍——对我来说，今生今世怕再也没有这样一个人了。

谷林先生曾将他当年剪贴的一叠知堂《亦报》刊文赠我，并有题跋："此时犹绿鬓少年，今则须眉皓然矣。止庵留之当能知余重视翁之笔墨非一朝一夕事也。零四年三月十三日柯记。"又赠我周氏手稿三篇，著作十几种，以及《艺文杂志》若干期。——他来信说："四十年代的那套《艺文杂志》，我有一套（止于三卷一、二期合刊），不知你有用处否。近日取出来略翻目录一过，估计以后也不会再去看它，故很想贡献于你，他日见过，望能带走。《如梦记》是由此刊首先连载的。《希腊神话》则只乍露半面。"（二〇〇一年十二月十六日）这是他的"赠书帖"，其谦和如此。先生读书仔细，每每随手校订，写在书边。我整理《周作人自编文集》，于此获益颇丰。此外版本取舍、文字统一、标点规范等，也得到他详细指点。而《老虎桥杂诗》一种，更赖他当初据周氏出借孙伏园的手稿录下复本，才得以完整保存，首次印行。我们见面，谈论这一话题最多。我曾提到想写"读周杂记"；他说："前信中提到好几种写作的打算，我都很有兴会，首先是读周杂记，这个题目就好，当时就想借用，因为闲翻此老

234

资料，每有点儿触动，或可写出几节数百字的劄记来。"
（一九九七年十月二十四日）以后又说："很想能把'读周杂记'真的记下来，例如《知堂杂诗抄》为何把李和儿卖炒栗列在卷首；许宝骙挺身而去，自述曾作说客，力劝知堂下水；此等事迹似皆不宜置而不谈。"（一九九七年十二月十七日）后来发表的《读许宝骙》等十来篇，大概即在"读周杂记"之列，另有未刊稿《德不孤，必有邻》尚存我处，《答客问》和《书简三叠》中亦略有申说。这里不能详细介绍，只指出一点，有论者称："尽管他偏嗜知堂文章，然而对其人似乎并非没有保留，答第三十二问周作人散文观感时心态大有意味，引述旁人的称赞居多，自己的评价则欠鲜明，最末以一句'不必多说'打发了事，看来谷林玩物并不流于丧'道'。"其实那里写得明明白白，绝非"打发了事"。先生来信有云："你说到×××的文章，我似不曾寓目，也许看过又忘掉了。"（二〇〇五年四月十八日）这使我想到孔子所说："人不知而不愠，不亦君子乎。"

这些天我把谷林先生的几种著作找出来重读，但是看到《答客问》里有一节说："至于我，写作的时间很短，在‘文化大革命’结束之后的七十年代末方才开始，写作的数量更少，要从这样的短与少中去考查我这个人，考查所得也只能是微乎其微吧。”不觉惘然。先生文章可以传世，其待人接物惟二三子约略知悉，而这又恰恰是难以言说的。大概还以陈原《无题》讲得最好：“……这人也是宁静的，淡泊的，与世无争的，绝不苟且的，诚恳到无法形容的。”我曾说自己对先生的印象也是如此，而且减少一句则不完全，增添一句又嫌辞费。废名有云，“我们常不免是抒情的，知堂先生总是合礼”，陈原所说，归根结底亦即“合礼”；然而谷林先生却仿佛天性如此。废名尝以《庄子》“鹄不日浴而白，乌不日黔而黑”加以说明，吾今于谷林先生亦云然。前些天有记者采访，我说先生是一位躬行君子，一位蔼然仁者，一位纯粹极了的读书人。这说法本诸《论语》，他的确很像那书里的人物，气象在孔门师徒之间。与“予岂好辩哉，予不得已也”的孟子，就没什么关系了。多年来谷林先生于我，如《论语》里颜渊所说“夫子循循然善诱人，博我以文，约我以礼”，盖虽常以文章之事请益，我所学者亦在做人。至于先生自己，则可另外借用《论语》里曾参所说：“君子以文会友，以友辅仁。"然而这些都是陈述事实，并非刻画形容。先生自谓："我直到五十岁时在咸宁五七干校才通读《论语》的，仍没有细看注解，望文生义，不懂的地方没有著力，自以为懂得之处恐亦未必正确，至于别有会心，自更无从说起。"（一九九五年十二月五日）身体力行，胜于皓首穷经者也。谷林先生属于中国传统最好的一脉，然此亦时隐时现，他不在了，恐怕就断绝了。

谷林先生曾来信说："我在'后记'中先把书的读者按以前的印数估计为一万个，接着见到谢其章的估计则为一千个，我重又依他的估计改了，我觉得他的估计较妥当。"（二○○四年七月十六日）所指的是他的"读者群"。他那一辈作者中，有比他作品多的，却不及他文字精致；有比他声名大的，却不及他见解通达。这后一层尤为重要。先生来信说："近数十年的运动文章，包括领袖人物的所谓重要讲话，一概是先有定论，然后举例发挥，与抒情散文虽小大不可比拟，其实是同一品位，盖独缺性灵也。"（一九九七年十二月二十七日）而他所受时代局限甚少，既不泥古，亦不趋时。假若但见辞章之美，或以小品目之，未免浅尝辄止，舍本求末。且举一例，一九九九年八月十七日来信论钱谦益事云："柳如是劝钱投水，钱伸脚入水，嫌冷，遂弗死。这个故实，一向被当作笑谈，我似乎觉得也能理解。即证以柳如是并不因此轻牧翁，可见当作笑谈的人其实搞错了。我自己年届八旬，已不以死生为意，想牧翁亦该如此。盖柳氏以当觅死地，全臣节，牧翁固以为无可无不可，其襟怀较柳氏略高一头地也。"此即如其所说："我们平常爱说'通情达理'，能平平实实对待这四个字，这就很好——也许太好了。"（一九九六年八月二十六日）"情先于理，情移而后理入，此所以'拈花微笑'为悟彻也。"（一九九七年四月十日）写到这里，我想起废名《我怎样读〈论语〉》里的话："我生平常常有一种喜不自胜的感情，便是我亲自得见一位道德家，一位推己及人的君子，他真有识见，他从不欺人，……"觉得也可以借来一说我与谷林先生结识十几年有多幸运。

二〇〇九年一月三十日

后记

　　这是我的第九本随笔集——若把《画廊故事》和《苦雨斋识小》也算上，则是第十一本了。这些文章往往被看作"书评"，我也被称为"书评人"或"书评家"。然查《现代汉语词典》，书评是"评论或介绍书刊的文章"，我所写评论不多，更少介绍，怕担不起这名目。我只是写些因读书而生的想法，或涉事实，或涉思想，或涉生活，肤浅支离自是难免，但若没有一点儿自己的意思，我也是不动笔的。当然有些时候虽有感慨，却觉得不好说，或说不出。举个例子，皮耶尔·德·芒迪亚格所著小说《闲暇》，写主人公出门经商，中途在巴塞罗那收到家中女仆来信，告知他的妻子出事了。他没有读完信，决定暂不面对妻子的事故及造成事故的原因。他用三天时间饱览城市和寻欢作乐。之后他继续读信，知道儿子不幸溺死，妻子因而自杀。于是他也举枪自尽。读罢我想，我们所希望的无非是晚些得到那消息，所努力的无非是晚些看完那消息，所谓人生正在其间展开，此外没有什么可说的了。

二〇〇八年十二月七日